KB017559

듣는
사람

듣는
사람

박연준

차례

작가의 말

◆

글쓰기는 공들여 말하기, 읽기는 공들여 듣기.

저는 그렇게 생각합니다.

당신은 공들여 말하기를 좋아하는 사람인가요, 공들여 듣기를 좋아하는 사람인가요? 저는 공들여 듣기를 선택하고 싶은 사람인데요. 어쩌다보니 공들여 말하기를 업으로 삼아 지금도 공들여 말하는 사람이 되어 있네요. 이상한 일입니다. 정말 이상한 일이지요.

일요일 오전 11시. 단골 카페에 홀로 앉아 이 글을 쓰고 있습니다. 창밖으로 겨울 한가운데를 명랑하게 지나가는 고양이들이 보이고, 코트를 입은 사람 몇이 지나갑니다. 카페 주인은 은색 쟁반에 빵 반죽을 올립니다. 가지런하게 줄 선 반죽을 예열한 오븐에 넣습니다. 제 눈은 랩톱의 모니터를 향해 있지만 코와 귀는 오븐 앞으로 달려갑니다. 아, 맛있는 냄새! 곧 세상에 새로운 빵이 태어나고 이 장면은 클래식이 되겠지요. 태어나 먹고 자고 사랑하고 다투고 화해하며 늙는 일. 변하지 않는 인간사, 일상은 고전이 됩니다. 오래 살아남는 게 고전이라면 말이지요.

우린 다 죽어요.

죽을 거예요.

그렇지 않겠어요? 깨달음은 별안간 옵니다. 깨달음은 '사실'과 '진실'이 충돌하는 교차로에서 태어난 유령. 저는 그 유령을 '고전'이라 부르겠습니다. 우리가 죽었고, 죽고, 죽을지라도 어떤 책들은 살아남습니다. 살아남아 산 사람들 손에 끈질기게 잡히는 책을 저는 또 고전이라 부르겠습니다.

고전이란 해석으로 탕진되지 않은 채 온전하게 살아남은 책입니다. 읽고 또 읽어도 닳지 않는 책입니다. 오랫동안 사람들 입에 오르내려도 소문을 등지고 커다래지는 책입니다. 우리 곁에 유령(교차로의 유령!)처럼 남아 일상에 스며드는 책입니다. 작가는 죽고 없는데 이야기는 살아남아 여전히 세상을 여행하는 책입니다. 시간의 상투성과 세월의 무자비함을 견디고 목소리의 생생함을 간직한 책입니다.

고전을 왜 읽어야 하냐고요? 오, 읽지 않아도 됩니다. 꼭 읽어야만 하는 책, 그런 게 어디 있나요? 다만 언제 읽어도 제 심장을 뛰게 하고, 옆 사람의 팔을 잡아끌며 일독을 권하게 만드는 서른아홉 권의 고전을 소개하고 싶습니다. 부족한 제 글을 통해 그중 어느 한 권이라도 당신 손에 들린다면 기쁠 테니까요.

얼마 전 운전중에 겪은 일입니다. 고속도로를 빠져나오는 길을 잘못 들뻔해 뒤늦게 방향지시등을 켜고 차선을 옮겼습니다. 비상등을 길게 켜서 뒤차에 사과의 뜻을 전했습니다. 조금 후 뒤차가 옆으로 오더니 클랙슨을 울리며 창문을 내리라고 하더라고요. 신호 대기 때 창문을 열었습니다. 저는 합장을 하며 죄송하다고 말했습니다. 초보 운전자라 마음이 졸아든 상태였습니다. 상대 운전자는 젊은 남자였는데 제게 뭐라고 했는지 아세요?

"이봐요! 길을 잘못 들었으면 그냥 잘못 가세요! 위험하니까 계속 잘못 가시라고요!"

저는 목례하며 재차 사과했습니다. 운전을 해 목적지에 도착할 때까지 그 말이 생각났습니다. 길을 잘못 들었다면 그냥 잘못 가라. 이 말이 화두처럼 다가와 그날 이후 지금까지도 생각하고 있습니다. 꼭 운전에 국한된 이야기는 아닌 것 같아서요. 이미 길을 잘못 들었는데 무리해 움직이다, 그러니까 한 번도 틀리지 않으려고 하다 사고가 나는 거구나, 깨달았지요. 길을 잘못 드는 것, 헤매는 것을 두려워하지 않아야 덜 다치는 거라고요. 무엇보다 누군가 제게 '잘못 가라'고 지시하는 일이 신선했습니다. 다들 제대로 가라, 틀리면 안 된다, 잘 가야 한다고 주문하는 세상에서요. 도처에 스승입니다. 우리가 타인의 말을 듣기만 한다면요.

인터넷 검색, 내비게이션, SNS의 온갖 후기들…… 이런 것은 우리가 무언가를 선택할 때 시행착오를 줄여줍니다. 저 또한 콩나물을 삶을 때조차 '절대로' 실패하고 싶지 않아 레시피를 검색하는 걸요. 타지를 여행할 때 맛없는 식당에 가고 싶지 않아 맛집을 검색하고 사람들의 여행 후기를 읽어보지요. 인생에서 조금이라도 손해보지 않으려 버둥거리는 거지요.

고전에는 올바른 길이나 훌륭한 선택법이 나오지 않습니다. 어쩌면 길을 잘못 든 사람이 '계속 길을 잘못 가는 방법'이 나와 있을지 모르지요. 시행착오가 없는 삶, 그런 게 있을까요? 우리가 고전을 읽어야 한다면 '잘못된 길을 열심히 걸을 때 우리가 얻는 가치'를 위해서인지 모르겠습니다.

책을 읽는 사람이 사라질 거라는 말을 들으면 슬퍼지고 그다음 서늘해집니다. 저는 그 말을 믿지 않습니다. 이 책의 표지에 등장하는 히잡을 쓴 여인처럼 꽁꽁 얼어붙은 세상 한가운데 앉아 기어코 책을 읽는 사람, 타인의 말을 공들여 듣는 사람이 존재하리라 믿어요.

책을 다 읽고 덮는 순간 우리가 도착하는 먼 곳에서 누군가를 여전히 만난다면 좋겠네요.

2019년 봄부터 2021년 봄까지, 한국일보 북섹션 '다시 보다, 고전'에 글을 연재할 수 있어 즐거웠습니다. 글을 세심히 읽어준 한국일보의 강윤주 기자와 난다 식구

들에게 감사드립니다.

파주에서,

박연준 올림.

01

무서록

이태준, 범우사, 1993

고수의 맛

◆

문장이 빼어나고 사유가 그윽하며 펼치는 곳마다 머물러보고 싶은 산문집을 고르라면 단연 『무서록』이다. 제목이 근사한 산문집을 고르래도 『무서록』이다. 『무서록』은 소설가 이태준이 그의 나이 37세에 발간한 산문집이다. 마흔두 편의 짧은 산문을 순서 없이 실은 글이라고 '무서록'이라 했다. 초판 발간 연도가 1941년이니 80년 된 책이다. 그때도 반짝이는 생각을 맛깔나게 쓰는 청년 작가가 있어 그의 기록을 21세기 카페에 앉아 읽는 일이라니! 시간을 견디고 살아남은 책을 마주하는 일은 놀라운 경험이다.

이태준의 산문은 밋밋한 접시에 툭 얹어낸 요리 고수

의 음식 같다. '멋'이나 '체' 없이 기품이 있다.

가을꽃들은 아지랑이와 새소리를 모른다. 찬 달빛과 늙은 벌레 소리에 피고 지는 것이 그들의 슬픔이요 또한 명예다.(39쪽)

이런 구절은 감탄과 함께 무릎을 치게 만든다. 달빛과 벌레 소리에 꽃이 피고 진다니 시에 가깝다.

나는 좋은 산문의 조건을 이렇게 꼽는다. 말하듯 자연스러울 것, 관념이나 분위기를 피우지 않고 구체적으로 쓸 것, 작가 고유의 색이 있을 것, 읽고 난 뒤 맛이 개운하고 그윽할 것. 『무서록』은 이 조건을 모두 갖추고도 다른 장점이 많다. 좋은 작가의 글이 그렇듯 소소한 소재로 뜻밖의 깊이를 끌어낸다. 고아한 문체를 뽐내지만 친근하다. 한자어와 고유어가 균형 있게 쓰인, 옛 어투를 읽는 재미가 있다. 인스턴트만 잔뜩 먹다 뚝배기 우렁된장에 쌈밥을 먹을 때처럼 흡족한 기분이 든다.

문고판 『무서록』은 손바닥 크기의 작고 얇은 책이다. 값도 아주 싸다. 가방 없이 훌훌 나서는 산책길 외투 주머니에 쏙 넣어 가기 딱 좋다. 일제강점기를 사는 소설가의 들뜸도 과장도 없이 툭툭 펼쳐놓는 이야기에 쉽게 빠져들게 한다. 게다가 '무서록'이니, 아무데나 펼쳐 마음에 드는 제목의 글부터 편히 읽기 좋다.

음악의 시작이 그렇듯이 글의 시작은 중요하다. 허공을 가르고 '새로운 생각'이 태어나는 순간이기 때문이다. 이 책에는 첫 문장이 매력적인 글이 많은데, 가령 이런 식이다.

찰찰하신 노주인이 조석으로 물을 준다. (「화단」, 23쪽)

미닫이에 불벌레 와 부딪는 소리가 째릉째릉 울린

다.(「가을꽃」, 37쪽)

책冊만은 '책'보다 '冊'으로 쓰고 싶다(「책」, 69쪽)

하 생활이 단조로운 때는 앓기라도 좀 했으면 하는 때가 있다.(「병후」, 88쪽)

'찰찰하다' '째릉째릉'같이 입으로 소리 내보게 만드는 신선한 어휘가 수두룩하다. 돌, 벽, 병, 만년필, 물, 파초, 소설 쓰기, 독자의 편지, 낚시 등 평범한 소재가 그의 손을 거치면 특별한 옷을 입은 듯 반짝인다.

요새는 누구나 다투어 산문을 쓰고 책을 낸다. 그만큼 쓰는 데 진입 장벽이 낮아졌다는 소리다. 시나 소설보다 산문을 찾는 독자가 많다고 하니 가히 '산문시대'다. 산문의 세계로 뛰어드는 많은 이들에게 한국 산문의 정수인 『무서록』 일독을 권한다. "일단 한번 잡숴봐!" 촐랑대는 약장수처럼 외치고 싶다. 시시콜콜하게 살아가는 일은 백년 전이나 지금이나 다르지 않다는 것을, 삶은 작은 것들로 이루어져 있음을 알게 해주는 책이다. 무엇보다 킬킬대며 소비해버리고 마는 마음이 아니라 어디 종지만한 그릇에라도 담아두고 들여다보고 싶은 마음이 생기는 책이다.

고전에서 무언가를 배워야 한다고 생각하는 건 편견이다. 이태준 역시 「고전」이란 글에서 이렇게 말하고 있다. "완전히 느끼기 전에 해석부터 가지려 함은 고전에의 틈입자闖入者임을 면하지 못하리니 고전의 고전다운 맛은 알 바이 아니요 먼저 느낄 바로라 생각한다."(115쪽) 그러니 좋은 책은 알아먹기보단 우선 '느껴보기'가 먼저다.

02

호밀밭의 파수꾼

J.D. 샐린저, 민음사, 2001

정말,
굉장히,
엄청난

◆

20대 내내 세상이 어려웠다. 어리숙한 주제에 세상을 바꾸려들었다. 자주 투덜대며(무엇이 옳은지 주창하며!) 우울한 눈빛으로 봄날을 낭비했다. 속을 숨기지 못해 누군가의 심기를 불편하게 하고, 처세에 능하지 못해 늘 불이익을 당했다. 누가 생의 가치를 물으면 눈을 치켜뜨고 "순수를 지키는 일"이라고 대답해 상대를 질리게 했다! 굶어 죽어도 순수와 진실을 추구하며 살겠다고 깝죽거렸다.

거짓으로 가득한 세상에서 내가 한 일은 샐린저의 『호밀밭의 파수꾼』을 달달 외울 정도로 반복해 읽는 거였다. 그렇다. 나는 많고 많은 '홀든 콜필드 추종자' 중 하나였다. 암살자 채프먼이 존 레논을 총으로 쏜 뒤 자리에 주저앉아 읽은 책으로 더 유명한 『호밀밭의 파수꾼』. 소설가 필립 로스 또한 '인생에 가장 중요한 영향을 끼친 15권의 소설' 중 하나로 『호밀밭의 파수꾼』을 뽑은 바 있다.

좋은 소설은 캐릭터로 영생을 꿈꾼다. 작가는 죽어도 캐릭터는 오랫동안 살아남는다. 1951년 『호밀밭의 파수꾼』이 나왔을 때 세계는 이 문제적 캐릭터에 놀랐다. 미국의 중산층 가정에서 자란 콜필드는 어른들의 속물근성에 진저리치고 위선과 거짓으로 얼룩진 세상에 염증을 느낀다. 독자들은 콜필드식 말투에 열광했다. 과장, 유머, 탄식, 비꼬는 말투는 콜필드의 전매특허다. 속어俗語와 구어口語로 가득찬 문체는 신선하다. 보통 부사와 형용사를 남용한 글을 나쁘다고 하는데, 콜필드는 그야말로 부사와 형용사를 남발하는 캐릭터다. '정말' '굉장히' '엄청난'이 무시로 튀어나온다. 그는 늘 툴툴거리지만 결국 세상의 잣대에선 방관자이자 낙오자다. 적응을 못해 퇴학을 네 번이나 당한 문제아다. 좋아하는 것이라곤 죽은 동생 앨리, 작문 숙제, 낡은 밀짚바구니를 들고 다니며 성금을 모으던 두 명의 수녀, 아직 순수함을 간직한 아이들 정도다.

> 나는 늘 넓은 호밀밭에서 꼬마들이 재미있게 놀고 있는 모습을 상상하곤 했어. 어린애들만 수천 명이 있을 뿐 주위에 어른이라고는 나밖에 없는 거야. 그리고 난 아득한 절벽 옆에 서 있어. 내가 할 일은 아이들이 절벽으로 떨어질 것 같으면, 재빨리 붙잡아주는 거야.(229~230쪽)

좋아하는 것을 단 한 가지만 말해보라는 여동생 피비의 물음에 콜필드는 어렵게 대답한다. 콜필드는 좋아하는 것보다 싫어하는 게 백배는 많아 늘 투덜대는 인물이다. 사실 그건 사랑이 없어서가 아니라 많아서다. 너무 많아서. 투덜댄다는 것은 세상에 바라는 게 있다는 뜻이다. 이상理想을 품은 자, '지금, 여기'에 문제의식을 가진 자란 뜻이다. 작가 샐린저를 좋아한다면 홀든이 작가의 분신임을 알 것이다. 오두막을 짓고 숲속에 숨어살고 싶다는 홀든의 염원은 실제로 은둔 작가로 살다 죽은 샐린저의 존재 방식과 결이 같다.

이 책은 성장소설이지만 '성장'은 어디에서도 찾을 수 없다. 그런 걸 찾으려면 다른 책을 읽어야 한다. 다만 자신이 쓸모없게 느껴지거나 좌충우돌이 전부인 어느 시기를 지나고 있다면, 지나왔다면 일독을 권한다. 혹은 오두막에서 숨어 사는 걸 꿈꾸거나 기성 사회에 염증을 느끼고 있다면, '한겨울에 강이 얼면 오리들은 어디로 갈까' 궁금해하는 사람이라면, 이 소설과 금세 사랑에 빠질 것이다. 어느 페이지에서는 울지도 모른다.

주의사항! 누군가는 '콜필드 두드러기'가 날 수도 있다. "이 미성숙한 애의 독백을, 내가 왜 들어야 하지? 시간 아까워!"라고 말하는 이를 만난 적이 있다. 뭐, 취향 문제다. 내 경우 지금은 20대 때처럼 열렬히 감응하며 『호밀밭의 파수꾼』을 읽지 않지만 언제 읽어도 가슴이 먹먹해진다. 불현듯 어떤 향수 같은 게 밀려온다. 그 시절 천방지축이라 가련했던 내 모습과 함께.

03

사랑의 단상

롤랑 바르트, 동문선, 2023

사랑의
바이블

◆

"롤랑, 롤랑, 마 롤랑Ma Roland, 내 롤랑." 어머니는 그를 이렇게 불렀다. 음악처럼 불리는 이름. 조용한 탄식 같기도 하고 기도의 마지막 같기도 하다. 누군가 내 이름을 시처럼 불러준다면! 날마다 이렇게 불린 아이는 (당연하지만) 롤랑 바르트로 자란다. 프랑스의 지식인, 기호학자, 구조주의 철학자, 문학평론가…… 그를 수식하는 말은 넘쳐나지만 무엇보다 그는 '사랑'에 정통한, 관능적인 지식인이었다.

관능은 어디에서 오는가? 관능은 생각의 뿌리, 뿌리를 둘러싼 흙, 돋아나는 가지, 꽃, 잎, 열매에서 비롯한다. 관능이 '성적인 감각을 자극하는 작용'을 뜻한다면 누군가는 '대관절 글에 그런 걸 배어나게 해 어디에 좋은가' 라고 물을 수도 있다. 텍스트에 배인 관능은 놀라운 약동을 불러온다. 사랑을 사랑 너머로 데려가고 편견의 장막을 찢는다. 생각을 뒤집고 의식을 깨운다. 그의 글을 읽을 때면 꽃나무처럼 피어나는 기분이 든다. 생각이 뿔처럼 돋아나고 지난 사랑이 새롭게 보인다. 시를 끼적이게 하고 텍스트 너머에 대한 상상으로 이끈다.

바르트가 쓴 『사랑의 단상』은 프랑스에서 20만 부나 팔렸다. 나는 이 책을 감히 사랑의 바이블이라 부르겠다. '코에 난 작은 점' '사랑을 사랑하는 것' '기다림' '그 사람됨의 몸' '질투' '왜?' '사랑의 외설스러움' '다정함'…… 다채로운 소제목 아래 바르트는 문학 텍스트, 담론, 독백, 방백 등 다양한 방식으로 사랑을 표현한다.

"마음은 욕망의 기관이다(마음은 섹스처럼 부풀어오르거나 오그라든다)."(92쪽) 마음이 욕망의 기관이라면 사랑은 이 기관에서 생겨나고 소멸한다. 사랑은 무엇이며 사랑하는 자는 누구인가? 방황하는 자이며 슬퍼하는 자이며 그 이전에 기다리는 자일 것이다.

> 기다림은 하나의 주문呪文이다. 나는 **움직이지 말라**는 명령을 받았다. 전화를 기다린다는 것은 이렇듯 하찮은, **무한히** 고백하기조차도 어려운 금지 조항들로 짜여 있다. 나는 방에서 나갈 수도 화장실에 가거나 전화를 걸 수도(통화중이 되어서는 안 되므로) 없다. (72쪽)

사랑의 복판에서 길을 잃고 신음할 때 나는 『사랑의 단상』을 읽고, 또 읽었다. 페이지마다 사랑에 목숨을 건 시인, 광인, 죽어가는 베르트르가 등장한다. 시처럼 아름답고 함축적인 문장이 나를 관통했으나 사랑에서 놓여나지 못했다. 한밤중 15층 오피스텔의 창가를 서성이며 자살 충동에 시달리다가 "사랑의 영역에서는 아무것도 아닌 일 때문에 자살의 충동이 자주 일어난다"(326쪽)는 구절을 읽으며 출렁이는 마음을 눌렀다. 나뿐이 아님을, 내 잘못이 아님을, 사랑에 빠진 모든 광인들이 그러함을 책은 일깨워주었다.

이제 사랑은 어디에 있는가? 누가 보았는가? '밀당'과 '썸'이 사랑의 자리를 대체하는가? 바르트는 "사랑의 감정은 유행에 뒤진 것이지만, 이제 이 유행에 뒤진 것은 구경거리조차 될 수 없다. 사랑은 **관심 있는 것**의 시간 밖으로 추락한다"(269쪽)고 말한다. 포르노와 스캔들에 밀려난 사랑, 구닥다리로 전락한 사랑. 사랑의 텍스트는 '나르시시즘과 심리적인 치사함'으로 만들어지기에 결코 위대해질 수 없다지만.

지금 이 시각에도 하염없는 시인과 철학자들은 사랑에 눈멀어 '사랑의 텍스트'를 양산하고 있다. 사랑 담론은 계속될 것이다. 그 펄럭이는 깃발, 잡을 수 없는 영원한 수수께끼여!

04

박용래 시전집

박용래, 문학동네, 2022

우는 사람

◆

『박용래 시전집』은 우리집 '혼돈의 서재'에서 사라지지 말라고 보물처럼 챙겨두는 책이다. 애써 챙겨둔 보람도 없이 이 시집은 자꾸 사라진다. 찾아보면 남편 책상 위에 숨어 있다. 다시 들고 와 내 책상에 올려두면 또 사라진다! "왜 자꾸 가져가는 거야?" 물으니 "요새 눈물이 없어져서"라고 답한다. 그렇다. 눈물이 마른 사람들이여, 주목하라. 여기 '눈물의 시인'이 있으니, 그는 진짜배기다!

박용래(1925~1980). 우는 사람. 봄엔 봄이라서 겨울엔 겨울이라서 비 오면 비가 와서 밤이면 밤이라서 우는 사람. 아름다운 것은 아름답다고, 여린 것은 가엾다고 우는 사람. 이런 사람이 어디 있냐고? 여기 있다. 사진을 보면 그의 얼굴도 '눈물형'으로 보여 슬며시 웃음이 난다. 소설가 이문구는 생전에 울지 않던 그를 두 번밖에 못 보았노라며 이렇게 말하기도 했다. "박시인은 눈물이 많았다. 그렇게 불러도 된다면 가히 눈물의 시인이 그였다. (…) 모든 아름다운 것들은 언제나 그의 눈물을 불렀다. 갸륵한 것, 어여쁜 것, 소박한 것, 조촐한 것, 조용한 것, 알뜰한 것, 인간의 손을 안 탄 것, 문명의 때가 아니 묻은 것, 임자가 없는 것, 아무렇게나 버려진 것, 갓 태어난 것, 저절로 묵은 것……"

나는 무조건 눈물이 많은 사람의 편이다. '그거 병이여' 누군가 핀잔을 준대도 뭐 어때? 눈물이 많은 건 사랑이 많다는 뜻! 나이가 들면 눈물도 마른다. 박용래의 '눈물 관련 일화'(차고 넘친다)를 읽거나 뾰족한 비석처럼 절도 있게 세운 그의 시들을 읽는 걸로 눈물을 대신하는 날이 더 많다.

박용래는 시에서만은 아껴 운다. 감정이나 언어를 낭비하는 법이 없다. 삼엄하다. 가령 이런 식이다.

오는 봄비는 겨우내 묻혔던 김칫독 자리에 모여 운다

오는 봄비는 헛간에 엮어 단 시래기 줄에 모여 운다

하루를 섬섬히 버들눈처럼 모여 서서 우는 봄비여

모스러진 돌절구 바닥에도 고여 넘치는 이 비천함이여.

—「그 봄비」 전문

그는 늘 작고 가녀린 것들을 썼다. 달, 홍시, 강설, 홍래 누나, 앵두꽃, 우렁 껍질, 시락죽, 보리깜부기, 싸락눈, 엉겅퀴, 모과차, 가을 빗소리, 섬돌, 삼동, 두멧집…… 봄바람도 그에게 붙들리면 그냥 불어가지 못한다. “봄바람 속에 종이 울리나니/꽃잎이 지나니” “옛날도 지나니”(「종소리」)라고 노래했다.

시를 읽을 때 우리는 시인의 시선을 공유하고 그의 ‘말소리’를 듣는다. 시의 문자들은 소리가 되기 위해 기다리는 언어다. 「저녁눈」을 소리 내어 읽어보자.

늦은 저녁때 오는 눈발은 말집 호롱불 밑에 붐비다

늦은 저녁때 오는 눈발은 조랑말 발굽 밑에 붐비다

늦은 저녁때 오는 눈발은 여물 써는 소리에 붐비다

늦은 저녁때 오는 눈발은 변두리 빈터만 다니며 붐비다.

늦은 저녁때 오는 눈은 고요하고 낮은 곳, 사람 눈길이 덜 닿는 곳을 찾아 붐빈다니! 이 짧은 시 한 편이 순식

간에 우리를 눈발 붐비는 "어느 변두리 빈터"로 데려다 놓는다.

시가 본래 짧고도 충분한 거라면 박용래 시는 '시의 정수精髓'다. 덜고 덜어낸 뒤 가장 마지막에 남은 무엇! 생전에 쓴 걸 다 모았으니 그 양이 많을 법도 한데 부록을 제외하면 채 3백 쪽이 되지 않는다. 그가 워낙 과작인데다 짧은 시를 주로 썼기 때문이다. '가벼운 것들의 혼'으로만 채워져 있어 깊고 무거워진 책이다. 그는 우리말을 '아껴' 썼다. 당나귀 등의 매끄러운 갈기처럼 조르륵 얼마나 어여쁘게 놓아두었는지! 울적한데 눈물도 잘 안 나오는 밤 이 시집을 읽노라면…… 호롱불 안에 심장을 걸어둔 듯 마음이 환해진다.

봄밤엔 먼 데에 두고 온 바다를 생각하며 『박용래 시전집』을 읽는 게 좋다. "앵두꽃 피면/앵두바람/살구꽃 피면/살구바람"(「앵두, 살구꽃 피면」) 분다고 노래한 시를 후루룩 읽는 게 안 되어 자꾸 느려진다. 조금 읽다 내려놓고 조금 읽다 한숨 짓고. 그러다보면 일도 없이 눈물이 오기도 한다.

05

봉별기

『이상 소설 전집』, 이상, 민음사, 2012

속아도 꿈결
속여도 꿈결

◆

봄마다 끄집어내 읽는 짧은 소설이 있다. 열 쪽밖에 안 되는데 읽고 나면 긴 이야기를 들은 듯 아득해지는 소설이다. 이상(1910~1937)의 「봉별기逢別記」. 제목을 풀어보면 '만나고 헤어지는 이야기'다. 인간사야 만나고 헤어지는 일을 피할 수 없으니 인연의 기록은 결국 다 '봉별기'다.

1933년, 이상은 황해도 배천 온천에서 요양하다 기생 금홍을 만났다. 금홍을 서울로 불러 청진동에 다방 '제비'를 차리고 마담으로 앉혔다. 1935년 결별하기까지 이상은 금홍과 동거한다.

조선총독부 건축기사, 모던보이, 화가, 시인, 소설가,

요절한 천재. 이상은 금홍과의 사랑이 맵고 잊히지 않아 종이 위에 옮겨놓았을까? 「봉별기」는 이상의 자전소설이다. 1936년, 이상이 죽기 바로 전 해에 발표한 작품이다.

"스물세 살이오.—삼월이오.—각혈이다."(117쪽) 시절과 주인공의 신상이 짧고 강렬하게 드러나는 시작! 이런 게 스타일이다. 국어 시간에 소설 「날개」의 첫 문장에 열광한 청소년이 나 하나는 아니리라. '박제가 되어버린 천재'를 아시오? 매 첫 줄을 이렇게 시작하는 일기를 쓰던 풋내기 시절이 내게도 있었다. 파격, 실험정신, 아방가르드로 문단의 문제적 인물이었던 이상. 그의 작품은 근 백년을 살아남아 지금까지 새롭고 신선하다는 평을 받는다.

화자는 금홍에게 첫눈에 마음을 빼앗겼으면서도 친구에게 금홍과 사귐을 권하는 등 평범하지 않은 행동을 한다. 결국 금홍을 아내로 맞아 아기자기한 신혼을 보내지만 자유로운 영혼인 금홍에게 예전 생활에 대한 향수가 찾아온다. 그녀는 다른 남자들을 만나거나 생활에 염증을 느끼고 가출을 일삼는다.

> 하루 나는 제목 없이 금홍이에게 몹시 얻어맞았다. 나는 아파서 울고 나가서 사흘을 들어오지 못했다. 너무도 금홍이가 무서웠다.
>
> 나흘 만에 와보니까 금홍이는 때 묻은 버선을 윗목에다 벗어놓고 나가버린 뒤였다. (122쪽)

금홍이가 무서웠다는 대목에서 픽, 웃음이 나온다. 몇 번의 이별과 재회. 연인들의 유서 깊은 레퍼토리. 그들은 사랑하면서 미워하고 도망가면서 그리워한다. 기괴한 사랑. 그러나 기괴하지 않은 사랑도 있던가? 나는 모든 사랑은 속절없다고 섣불리 판단하고는 속절없다는 말의 의미를 곱씹어 생각해본 적이 있다. '아무리 하여도 어쩔 도리가 없다'는 뜻이다.

화자와 금홍이 술상을 마주하고 재회하는 마지막 장면은 몇 번을 읽어도 생경하게 쉽다. "밤은 이미 깊었고 우리 이야기는 이게 이 생生에서의 영이별永離別이라는 결론으로 밀려갔다."(126쪽) 살아 있는 채로 영이별을 하는 연인들. 금홍은 은수저로 소반을 두드리며 창가를 한 곡조 뽑는다.

"속아도 꿈결 속여도 꿈결 굽이굽이 뜨내기 세상 그늘진 심장에 불 질러버려라 운운云云"(127쪽) 당신이 나를 속여도 내가 당신을 속여도 꿈결이라니…… 속절없다.

좋은 소설은 겪지 못한 인생을 '살아보게' 한다. 다 읽은 후 고치처럼 몸을 말고 웅크리게 만든다. 마치 상처받은 것처럼. 이야기가 몸에 상처를 내고 들어와 나를 재구성하는 과정이랄까. 어떤 이야기는 읽기 전으로는 결코 돌아갈 수 없게 만든다.

06

다른 방식으로 보기

존 버거, 열화당, 2012

다르게 보면
다른 사람이 된다

◆

그럴 리 없겠지만, 지금부터 죽을 때까지 단 한 작가의 책만 읽어야 한다면 나는 '존 버거'를 고를 것이다. 그만한 가치가 있다. 존 버거(1926~2017). 영국에서 태어났지만 영국을 벗어나 활동한 작가. 따뜻한 지식인, 행동가, 위대한 예술가, 평생 투쟁한 사람.

농부, 이민자, 가난한 사람, 죽은 사람, 여자, 노숙자, 혁명가, 동물들, 예술가…… 존 버거는 이들을 주로 작품에 데려왔다. 그림, 시, 소설, 미술 평론, 사회정치 평론, 에세이 등 장르를 넘나들며 창작했고 이 모든 것에서 빛났다.

1972년 영국 BBC 강의 시리즈에서 존 버거는 '예술을 바라보는 새로운 방식'을 제안한다. 『다른 방식으로 보기』는 이 강의를 바탕으로 쓴 책이다. 이 책에서 가장 흥미로운 부분은 그가 이전까지는 누구도 문제 삼지 않던, 그림 안에서 '시선의 대상'으로 소비되는 여성의 위치를 지적하는 대목이다.

> 여자들의 사회적 존재는 이렇게 제한된 공간 안에서 보호, 관리를 받으며 그 여자들 나름으로 살아남으려고 머리 쓰고 애쓴 결과로 이룩된 것이다. 그러나 그 대가를 치르기 위해 그녀의 자아는 찢겨 두 갈래로 갈라진다. 즉 여자는 거의 계속해서 스스로를 늘 감시하고 감독해야 한다는 말이다. 스스로 갖고 있는 자신의 이미지는 항상 그녀를 뒤따라 다닌다. (54쪽)

존 버거는 오랜 세월 타인에게 평가받는 자기의 감정을 강요받아온 여성을 주목한다. 유럽 회화의 누드화에서 여자들을 구경거리로 전락시키는 관습을 지적한다. 여성의 신체를 특별한 대상으로 보는 태도가 그 몸을 대상으로 이용하도록 이끈다는 것이다. 아름다운 여성을 보고(대상화) 특별하게 생각하고(관습) '이용'하기까지 이 모든 과정에 '시선의 문제'가 있음을 꼬집는다. 놀랍지 않은가? 1970년대 초 이런 여성주의 시각으로 문제를 제기한 남성 작가라니! 여자를 보는 방식은 본질적으로 바뀌지 않았다고 한 존 버거의 말은 50년이 지난 지금도 유효하다. 씁쓸하다.

그는 유럽문화에서 재산과 예술 사이의 관계를 따져보기도 한다. 작품이 감동적이고 신비스러워진 것은 시장가격 때문이라고 꼬집으며 예술의 '가짜 종교성'을 들춘다. 현대사회를 지배하는 광고의 영향과 자본주의의 문제점을 논한다. 당시로는 파격적인 그의 논리에 반발하는 자들이 많았다고 한다.

다른 방식으로 세상을 바라보기. 이것은 창작자의 기본 자세다. 다르게 보면 다른 사람이 된다. 다른 것을 만들고 다른 삶을 살게 된다. 내가 특히 좋아하는 것은 시심詩心이 가득 담긴 존 버거의 소설이지만 논픽션도 아름답다. 놀라운 문장과 빛나는 사고로 독자들을 선동하는, 위험하게 아름다운 글이다.

존 버거는 아흔의 나이로 사라졌지만 그는 언제나 내 책상 곁을 서성인다. 나는 따뜻하고 날카로운 그의 사유를 느끼며 그 영향 아래서 작업하는 게 즐겁다.

다큐멘터리 〈존 버거의 사계〉에는 주름으로 가득한 존 버거의 얼굴, 그림을 그리는 그의 투박한 손이 나온다. 상체를 기울이며 타인의 말을 듣는 존 버거를 볼 수 있다. 나이든 사람이 한결같이 누군가의 말에 귀를 기울이는 것. 흔치 않은 일이다. "내가 이야기꾼이라면, 그건 내가 듣는 사람이기 때문이다"라고 말한 사람. 쓰는 자는 우선 듣는 자임을, 그리고 다르게 보는 자임을 나는 존 버거에게 배웠다.

07

내 방 여행하는 법

그자비에 드 메스트르, 유유, 2016

누구도
못 말리는 여행

◆

그러지 말고, 떠나자. 나와 함께 가자! 아픈 사랑과 무심한 우정에 홀로 방구석에 처박힌 그대여, 보잘것없는 헛된 세상사를 털어버리고 떠나자!(16쪽)

누군가 우리 앞에 와 이렇게 외친다면 엉덩이가 들썩거리지 않겠는가? 나뭇잎은 세상을 삼킬 듯 푸르게 자라고 햇빛도 제법 강렬해졌다. 꽃씨들조차 둥둥 떠서 안착할 곳을 찾아 헤매는데, 떠나야 한다! 그런데 어디로? 그자비에 드 메스트르(1763~1852)는 '내 방 여행하기'를 제안한다. 눈감고도 다 아는 내 방으로 떠나라니, 제정신인가? 여행이라면 일단 집에서 멀어지는 일 아닌가?

이 뻔뻔한 프랑스 작가는 방에 틀어박혀 있는 이들 중에 자신이 소개하는 여행법에 솔깃하지 않을 이는 한 명도 없을 것이라고 단언한다. 책을 읽으며 이 여행법에 솔깃했음을 고백한다. 언제 떠날지 고민할 필요도 없고 비용이 드는 것도 아니니 손해 보는 장사는 아니다. 다소 허황된 얘기처럼 들리기도 하지만 유려하게 흐르는 그의 말솜씨와 인간적 매력에 마음을 빼앗기고 만다. 메스트르는 1790년 한 장교와 법으로 금지된 결투를 벌이고 42일간 가택연금을 선고받는다. 이 책은 가택연금 기간중 자기 방에서 써내려간 기록이다. 메스트르는 갇힌 신세라고 상심하지 않고 특유의 모험심으로 발상의 전환을 꾀한다. 자기 방을 여행하는 여행자라니, 프랑스판 봉이 김선달이 아닌가.

이 독특한 여행기에서 그는 인간의 영혼과 동물성(육체)을 구분해 말한다. 영혼이 몸이라는 족쇄에 벗어나 홀로 상상의 나래를 펼치는 일, 즉 정신의 탈출기다. “책을 읽다가 갑자기 흥미로운 생각이 뇌리를 스치면 그 생각에 사로잡힌 나머지 기계적으로 글자와 문장을 따라갈 뿐, 이미 책은 안중에도 없을 때가 있다. 무엇을 읽었는지도 모르고 방금 읽은 내용도 기억하지 못한 채 책장만 넘긴다. 당신의 영혼은 자신의 짝인 동물성에게 책을 읽으라고 명령은 해놓은 채, 정작 자신은 딴생각에 빠져 있다는 사실을 알려주지 않는다."(31~32쪽) 정신의 딴청, 홀로 멀리 다녀옴. 이것을 여행이 아니라고 할 수 있을까? 침대, 형이상학, 벽에 걸린 그림들, 개와 하인, 편지, 여행용 외투(실내복), 마른 장미, 여인들, 서가…… 모두 여행지가 된다.

수전 손택은 이 책을 "문학사상 가장 독창적이면서도 거침이 없는 자전적 산문"이라고 했다. 진정으로 '독창적인 일'은 자발성에서 나오는데 자발성은 심심함과 단짝이다. 심심함은 창작의 열쇠다. 메스트르는 심심한 나머지(아마도), 누구도 생각하지 못한 '내 방 여행하는 법'

을 고안해내기에 이른 것이 아닐까? 그는 상상의 힘으로 인간이 자유로울 수 있음을 보여준다. 시종일관 생기 넘치는 생각들, 웃음과 철학, 담백한 진실이 담긴 글에서 그의 영혼은 어린아이처럼 반짝인다.

가택연금에서 풀려나는 여행의 마지막 날, 그는 이렇게 쓴다.

> 그들은 내게 어떤 곳도 가지 못하도록 했다. 대신 그들은 내게 이 우주 전체를 남겨놓았다. (…) 오늘 나는 자유다. 아니 다시 철창 안으로 들어간다. 일상의 멍에가 다시 나를 짓누를 것이다.(184쪽)

가만히 한곳에 앉아 온 세상을 여행할 수 있는가 하면, 세계 곳곳을 누비면서도 제자리일 수 있다. 상상력과 관찰, 발견의 문제다. 상상력은 어떤 장애물도 갖지 않는다. 누구도 막을 수 없다. 상상으로 여행하다보면 일상도 여행이 될 수 있다. 결국 뇌를 속이는 것, 아니 뇌를 설득하는 문제다.

당신은 지금 당장 여행을 떠날 수 있다. 어디로? 물론 당신의 방으로. 어디서부터 시작할지 당신 마음이다. 낡은 의자, 책이 쌓인 책상, 보석함, 거울, 옛날 사진…… 새로움은 언제나 '숨어' 있다. 상상하는 눈이 그것을 찾아낸다. 『내 방 여행하는 법』이 지도가 되어줄 것이다.

08

헬렌 니어링의 소박한 밥상

헬렌 니어링, 디자인하우스, 2018

이것은
요리책이 아니다

◆

얼마 전 『아무튼, 비건』이란 책을 읽고 채식주의자(페스코)가 되기로 했다. 육고기를 딱 끊었다. 어렵지 않았다. 신념이 욕망을 이기는 걸까? 그보단 '책의 힘'이다. 책은 사람을 바꾼다.

새로 생긴 기특한 마음을 견고히 하고자 전에 읽다 만 『헬렌 니어링의 소박한 밥상』을 다시 꺼냈다. 예전에는 왜 감흥이 없었을까? 소식小食하라는 말에 귀를 닫고 싶었을 게다. 그럴 마음이 전혀 없었으니까. 실천은 몸이 아니라 마음이 하는 거다.

헬렌 니어링(1904~1995)은 채식을 실천하는 부모 밑에서 자랐다. 스콧 니어링과 시골로 들어가 글을 쓰고 자연주의자로 살았다. 스콧은 100세까지, 헬렌은 91세에 차 사고로 사망할 때까지 장수했다. 『헬렌 니어링의 소박한 밥상』은 소박한 사람들을 위한 소박한 음식에 대한 "반反요리책"이다. 작가는 간단한 요리가 좋다고, 재료 그대로를 먹는 건 더 좋다고 말한다. "나는 요리하는 여성이 아니다. 나와 생각이 같은 다른 여성들을 위해 한마디하자면, 나는 여성이 하루 시간의 대부분을 화덕 앞에 머물며 음식을 만들고 가사에 매여 있을 필요가 없다고 주장한다. (…) 나는 요리보다는 좋은 책 읽기(혹은 쓰기), 좋은 음악 연주, 벽 세우기, 정원 가꾸기, 수영, 스케이트, 산책 등 활동적이고 지성적이거나 정신을 고양시키는 일을 하고 싶다."(40~41쪽)

전적으로 동감한다! 누군가는 요리에서 삶의 즐거움을 찾지만 모든 사람이 꼭 그럴 필요는 없다. '먹는 일'에 관해 쓴 옛사람들의 말을 엿보는 일도 이 책을 보는 재미다. 헬렌이 도서관에서 희귀본을 찾아 인용할 문장들을 모았다고 한다.

자주 먹는 사람은 괴로운 삶을 산다.(앤드루 부르드, 『건강 식이요법』, 1542)(131쪽)

아침식사를 할 때는 식사할 의도로 하지 말고, 금식을 깨는Break Fast 게 아닌 듯 먹으라.(딕 후멜베르기우스, 『식탁과 부엌과 저장실의 이야기』, 1836)(127쪽)

더운 날씨에 식사를 준비하고, 나중에 설거지하는 일이 무덤덤한 필자가 엄숙한 산문을 쓰는 것이라면, 디저트를 만드는 일은 시에 비유될 것이다.(M.E.W. 셔우드, 『접대의 기술』, 1892)(274쪽)

책 2부에는 아침식사, 수프, 빵, 디저트 등 식재료에 대한 생각과 헬렌이 고안한 레시피를 담았다. 계절 수프, 대파 수프, 감자 수프, 진한 양배추 수프…… 다양한 샐러드들, 하와이식 당근 요리, 비트 조림, 양배추 냄비 요리, 멕시칸 라이스, 과일로 맛을 낸 각종 디저트까지 초간단 조리법을 제안한다. 먹어본 손님들이 레시피를 알려달라고 했다니 맛도 좋은 모양이다.

음식을 먹는 일에 대해 숙고한 작가는 헬렌 니어링뿐이 아니다. 카프카는 수족관 앞에서 물고기들을 바라보다 "다시는 너희들을 먹지 않겠다"고 말한 뒤 비건으로 살았다고 한다. 문명을 등지고 숲속에 들어가 산책과 글쓰기를 한 소로는 이렇게 썼다. "나는 고기를 거의 먹지 않는다. 그것은 지금까지 알게 된 고기의 단점 때문이 아니라, 내 상상력에 고기가 어울리지 않기 때문이다. 고기를 혐오하는 것은 경험의 효과가 아니라 본능인 것이다. 고매하고 시적인 재능을 최상의 상태로 유지하는 데 열심인 사람이라면 특히 고기를 멀리할 것임을 나는 믿는다." 나는 이들을 따라 채식을 해야 한다고 말하는 게 아니다. 그보다 우리가 먹는 음식이 인간의 정신과 상상력, 나아가 사는 형식에 깊은 영향을 끼친다는 얘기다. 미디어에 '먹방'이 차고 넘친다. 누군가 추천한 식당에 사람이 몰린다. 맛있는 음식을 즐기는 행위를 비난하는 게 아니다. 맛있는 음식을 싫어하는 이가 어디 있겠는가? 다만 이 무분별한 쏠림 현상, 획일화되는 욕망, 식탐을 조장하는 지금의 음식 문화를 돌아볼 필요가 있다는 말이다.

음식은 몸의 활력을 만드는 연료이고 영혼을 활짝 펼치는 촉매다. 우리가 먹는 음식이 죽음의 질을 결정한다. (삶의 질이 아니다!) 삶의 방향을 결정한다. 『헬렌 니어링의 소박한 밥상』은 어떻게 살면 좋을지 고민이 될 때 부엌에 두고 수시로 꺼내보면 좋을 책이다. 내 몸의 나침반이 되어줄 책, 탐욕으로 영혼이 누추해질 때 삶의 중심을 잡을 수 있게 한다. 무엇보다 아껴 보는 요리책이 한 권 있다는 것. 근사한 인생을 살 확률을 높이는 게 아닐까?

09

사양

다자이 오사무, 민음사, 2018

이 세상의 공기와 햇빛 속에서
살기 힘듭니다

◆

정이 가는 작가가 있다. 훌륭하다고 할 수 없는데 편을 들어주고 싶은 사람. 다자이 오사무가 그렇다. 누가 그를 욕하면 '그야 그렇지요' 고개를 주억이면서도 귀에 얇은 막이 씌워지는 것 같다. 마음을 그쪽으로 휘게 하는 사람.

다자이 오사무(1909~1948). 일본 소설가. 엄살쟁이. 울보. 생활력 없음. 빚쟁이. 취미는 자살 시도. 몇몇 여자들과 동반 자살을 도모하나 자꾸 혼자 살아나 '난감'한 상황을 만든 사람. 마약과 알코올중독. 스스로 "태어나서 미안합니다" "인간 실격"이라며 글을 통해 자조한 사람. 종국엔 숙원사업이던 자살에 성공해 떠나간 사람.

말하고 나니 쓸쓸하다. 표면적으로야 이렇지만 우리가 한 인간의 내면을, 그 고독한 영혼을 어찌 다 알겠는가? 다만 짐작할 뿐이다. 세상엔 미시마 유키오나 마루야마 겐지처럼 자기 삶을 통제해 업적을 남기는 작가가 있는가 하면, 도스토예프스키나 사강처럼 도박이나 약물에 중독되어 스스로를 파멸로 이끌며 업적을 남기고 가는 작가도 있다. 다자이 오사무는 물론 후자다. 그는 내야 할 세금 고지서를 붙들고 엉엉 울다가도 글을 쓰고, 글 쓰는 틈틈이 돈을 빌려달라고 지인들에게 편지도 썼다. 돈이 생기면 술을 마시거나 다시 쓸데없는 데에 써버렸지만, 어쨌든 그는 열심히 썼다.

『사양』은 그가 죽기 한 해 전에 발표한 경장편이다. 일본이 전쟁에서 패한 후 몰락해가는 귀족 일가의 모습을 우아한 문체로 그렸다. 다자이 오사무는 이 소설을 쓰기 전에 출판 관계자에게 이렇게 말했다고 한다. "걸작을 쓰겠습니다. 대걸작을 쓰겠습니다. 소설의 구상도 거의 마쳤습니다. 일본판 『벚꽃 동산』을 쓸 생각입니다. 몰락 계급의 비극입니다. 이미 제목을 정했습니다. 『사양』. 기우는 해. 『사양』입니다."(작품 해설에서 재인용)

일본 '최후의 귀부인'인 어머니를 두고 딸 가즈코와 아들 나오지가 나눈 대화는 이렇다.

> 작위가 있다고 해서 귀족이라 할 수는 없어. 작위가 없어도 천작이라는 걸 가진 훌륭한 귀족도 있고, 우리처럼 작위는 가졌어도 귀족은커녕 천민에 가까운 치도 있지. (…) 우리 친족 중에서도 진정한 귀족은 아마 어머니 정도겠지. 어머닌 진짜야. 아무도 못 당해.(8쪽)

다자이 오사무는 태생이 귀족인 인간형에 대해 말하고 싶었을까? 현대사회에선 다자이 오사무야말로 귀족형 인간이다. 그들의 다른 이름은 이렇다. 한량, 룸펜, 사회 부적응자, 이상주의자, '쓸데없이' 고매한 영혼을 가진 자, 현실 감각이 없는 자, 시를 쓰는 사람……

『사양』의 중심인물은 죽어가는 어머니, 망가진 아들, 이혼하고 돌아온 딸 가즈코다. 작가가 자신의 분신과도 같은 나오지가 아니라 가즈코를 소설의 중심에 놓은 것이 흥미롭다. 화자인 가즈코는 시간에 따라 변하는 입체적인 인물이다. 슬픔에 빠진 연약한 여성에서 농사를 지으며 가족을 부양하는 가장, 사랑을 쟁취하려는 혁명가, 주체성을 가진 독립적 인물로 진화한다.

소설은 인물들의 단상, 일기, 편지, 유서 등 다채로운 형식을 담는다. 나오지의 유서에서 한 대목. "나는, 나라는 풀은 이 세상의 공기와 햇빛 속에서 살기 힘듭니다. 살아가는 데에 뭔가 한 가지, 결여되어 있습니다. 부족합니다. 지금껏 살아온 것도 나로선 안간힘을 쓴 겁니다."(147쪽) 가즈코는 힘든 상황에서도 굴하지 않는다. "우리는 낡은 도덕과 끝까지 싸워, 태양처럼 살아갈 작정입니다."(163쪽) 작가 속에는 이 둘의 마음이 다 있지 않았을까? 태생이 귀족인 어머니의 고매한 품성까지도.

소설의 끝장을 덮고 나서도 나오지의 말이 귓가에 맴돈다. "귀족으로 태어난 것은 우리의 죄일까요?"(150쪽) 희망의 지반이 없다고 고백하던 나오지의 마음은 다자이 오사무의 진심이었을지 모르겠다. 희망이 아니라 희망의 '지반'이 없다는 말이 서늘하다.

화가 칸딘스키는 예술 작품을 두고 "영혼이 거칠어지는 것을 막아주며, 마치 소리굽쇠로 악기의 현을 조율하듯 영혼의 음조音調를 맞추어준다"고 했다. 만약 우리 영혼이 세상을 부유하는 음표라면, 어둡고 깊은 영역까지 헤엄쳐본 음표가 더 우아한 삶을 살 수 있을지 모른다. 다자이 오사무의 소설을 읽는 일은 우리가 내려가지 못한 영역까지 영혼의 음표들을 내려갔다 돌아오게 하는 일과 비슷하다.

10

우리를 슬프게 하는 것들

안톤 슈낙, 문예출판사, 2017

슬픔은
영혼의 운동이다

◆

슬픔은 나쁜가? 영혼에 묻으면 얼른 닦아 없애야 할 무엇인가? 화창한 인생을 바라는 사람들에게 슬픔은 배척해야 할 대상이다. 젊은 부모에게서 "아이가 슬픈 일, 마음 아픈 일은 조금도 겪지 않았으면 좋겠어요"라는 말을 들을 때면 난감하다. 좋은 것만 주고 싶은 마음은 이해하지만 슬픔이 한 톨도 없는 인생이란 게 좋기만 할까?

슬픔은 사람을 단단하고 유연하게 만든다. 육체 단련을 위해서는 운동이 필요하듯이 영혼의 단련을 위해서는 슬픔이 필요하다. 슬픔은 영혼의 운동이다. 우리는 슬픔을 통해 강해진다. 안톤 슈낙(1892~1973)의 「우리를 슬프게 하는 것들」은 1953년부터 1982년까지 고등

학교 국어교과서에 실려 유명해졌다. 중장년층에게 고전으로 남은 이 글의 시작은 이렇다.

울고 있는 아이들의 모습은 우리를 슬프게 한다.

초가을 햇살이 내리쬐는 정원 한 모퉁이에서 오색영롱한 깃털의 작은 새의 시체가 눈에 띄었을 때.

대체로 가을철은 우리를 슬프게 한다. 이를테면 비 내리는 잿빛 밤. 소중한 사랑하는 이의 발자국 소리가 사라져갈 때. 그러고 나면 몇 주일이고 당신은 홀로 있게 되리라. (9쪽)

페이지마다 흘러넘치는 작가의 감수성에 감탄한다. 서정적인 문체로 슬픔의 항목들을 가지런히 늘어놓는다. 지붕 위로 떨어져내리는 빗소리, 줄타기 묘기에서 세 차례 떨어진 어릿광대, 만월의 밤, 개 짖는 소리, 꽃피는 나뭇가지로 떨어지는 눈발…… 슬픔은 도처에 있다.

기쁨이 감정을 밖으로 발산하는 감정이라면 슬픔은

밖에서부터 내 안으로 수렴하는 감정이다. 슬픔을 아는 자는 타인의 고통이나 불행에 쉽게 감응한다. 기쁨은 우리를 행동하게 하지만 슬픔은 우리를 사유하게 한다. 문학에 기여한 많은 작가들이 기쁨보다 슬픔에 더 반응한 이유다. 슬픔을 모르고서 우리는 시를 쓸 수 없고 그림을 그릴 수 없고 노래 부를 수 없다. 탁자를 두드리며 부르는 유행가 가락에도 슬픔이 배어 있지 않은가.

"희망은 가끔 우리를 좌절시키지만/슬픔은, 절대." 이렇게 시작하는 헬만의 시가 있다. 슬픔은 우리를 좌절시킬 수 없다. 슬픔은 좌절 너머에 있는 감정이기 때문이다. 슬픔에 빠져 있는 사람은 무기력하지 않다. 무기력할 겨를이 없다. 슬픔은 강렬하고 능동적인 감정이다.

물론 이 책에 슬픔만 가득한 건 아니다. 슬픔에 민감한 사람은 필히 눈이 좋은 사람이니 사랑이나 기쁨, 다른 다양한 감정에도 밝은 게 분명하다. 작가의 유년 시절 일화들, 김나지움에 다니던 때의 추억을 다룬 글들은 따뜻하고 아름답다.

「내가 사랑하는 소음, 음향, 음성들」이란 글을 보자. "아득히 들려오는 장닭의 울음소리" "마을 대장간의 망치 소리" "9월의 어느 날 밤, 투명한 정적 속으로 한 알의 사과가 툭 떨어지는 소리" "처마 끝을 똑똑 긁어대는 박새의 날쌘 발톱소리" "썰매를 끄는 말방울 소리" "미움과 사랑, 환희, 그리고 어쩌면 영원히 들을 수 없는 죽음의 발소리"(14~23쪽)…… 그의 귀는 '촘촘한 소리그물' 같다. 아름답고 섬세한 소리라면 모조리 긁어모으는 갈고리처럼, 그의 귀는 소리를 수집한다. 슬픔의 뒷면은 사랑이고, 사랑의 시선은 이토록 섬세하다는 것을 이 책을 통해 알 수 있다.

안톤 슈낙은 두 차례 세계대전에 참전한 독일 작가다. 1933년 히틀러가 총리가 된 해에 히틀러에게 충성을 맹

세한 작가 명단에 이름을 올려 오점을 남기기도 했다. 실망스러운 일이다. 그렇지만 이 일로 그의 특별한 감수성과 빛나는 문장들을 아주 없는 셈 치기엔 안타깝다. 그는 훌륭한 인간은 아닐지 모르나 슬픔을 아는 인간인 것만은 분명하다. 인간의 마음은 복잡하고 어렵다. 어디에서부터 잘못하여 실수를 하는지, 실수는 돌이킬 수 있는 것인지 없는 것인지 판단하기 어렵다. 생각하노니 그의 실수 역시 '우리를 슬프게 하는 것들' 중 하나일 것이다.

11

장자

장자, 현암사, 1999

크게 날아가는,
이야기

◆

사람들은 대체로 이야기를 좋아한다. 세상은 이야기로 이루어져 있고 이야기를 가지고 있지 않은 사람은 없으며 이야기는 인간을 이루는 일부이자 전부이다. 우리는 평생 이야기를 찾고 탐한다. 이야기는 또다른 이야기를 양산하고 변주하며 시간을 견디어 살아남는다.

『장자』는 다양한 이야기를 담은 책이다. 우리가 보는 『장자』는 기원후 4세기 북송의 '곽상'이란 학자가 떠도는 장자의 이야기를 서른세 편으로 편집한 책이다. 이 책의 이야기는 상상력의 규모가 크고 범주가 넓으며 품은 뜻이 깊다.

『장자』에서 가장 중요한 대목은 맨 앞에 놓인 '소요유逍遙游, 자유롭게 노닐다'다. 스케일이 블록버스터급인 이 이야기는 '절대 자유의 경지'에 대해 말한다. 북쪽 깊은 바다에 '곤鯤'이라는 물고기가 살았는데 크기가 몇천 리나 되었다. 이 물고기가 변하여 '붕鵬'이라는 새가 되었는데 날아오르면 하늘에 드리운 구름 같아 보일 정도로 컸다. 물고기에서 새로 변한 붕은 북쪽에서 남쪽의 깊은 바다로 변화한 몸을 이끌고 날아간다화이위조, 化而爲鳥. 고작 덤불숲이나 옮겨다니는 메추라기와 비둘기가 그의 행동을 비웃는다. "저 새는 저렇게 날아서 어디로 간단 말인가?"(35쪽) 자기 발치만 보는 이들은 결코 비상하는 자의 자기 초월성, 궁극의 변화, 다른 세상을 향해 나아가려는 뜻을 이해하지 못한다.

큰 이야기에 빗대어 삶의 이치를 말하기 좋아하는 장자가 허풍쟁이처럼 보였을까? 혜자惠子가 핀잔을 주었다. "자네의 말은 이처럼 크기만 하고 쓸모가 없어서 사람들이 거들떠보지 않는 걸세." 장자의 답이 근사하다. "자네는 그 큰 나무가 쓸모없다고 걱정하지 말고, 그것을 '아무것도 없는 고을無何有之鄕' 넓은 들판에 심어놓고 그 주위를 '하는 일 없이無爲' 배회하기도 하고, 그 밑에서 한가로이 낮잠이나 자게. 도끼에 찍힐 일도, 달리 해치는 자도 없을 걸세. 쓸모없다고 괴로워하거나 슬퍼할 것이 없지 않은가?"(53~54쪽)

개운한 대답이다! 쓸모없기론 예술만한 게 없고 모든 예술(혹은 고매한 사상)은 크고 보기 좋은 나무 같아서 두고 봐야지 베어 쓰려고 하면 딱히 쓸데가 없는 것이다. 장자는 쓸모없음의 큰 쓸모無用之大用를 역설한다. 그의 이야기는 책장에 머무는 이야기가 아니라 책장을 뚫고 나온다. 눈 감고 상상해보라. 책을 벗어나 '붕'처럼 활개치며 하늘을 나는 이야기들을! 실제로 동서양의 많은 예술가와 철학자들이 장자를 흠모했다고 하니, 이 이야기들은 멀리 또 높이 날아본 게 분명하다.

『장자』는 일상에서 꺼내 보기에도 좋은 '생활 경전'이다. 가령 이런 식이다. 어느 날 남편에게 집안일로 도움을 요청하는데 이 사람이 차일피일 일을 미룬다. 나중에 '한꺼번에 제대로' 해주겠다는 거다. 이때 나는 장자 얘기를 꺼낸다! 장자 알지? 거기에 붕어 얘기가 나와. 육지에서 곤경에 처한 붕어가 장자에게 물 한 바가지만 부어달라고 사정하지. 장자가 지금은 어렵고 나중에 서강의 물을 막았다가 한꺼번에 흘려보내주겠다고 하지. 물고기의 말은 이래. "나는 꼭 함께 있어야 할 것을 잃고 이렇게 오갈 수 없게 되었습니다. 그저 물 한 말이나 한 되 있으면 살 수가 있겠는데, 선생께서 그런 말을 하시니, 차라리 건어물점에나 가서 나를 찾는 것이 낫겠습니다."(410쪽) 이 이야기를 상기시켜주자 그는 크게 후회하고 '즉시' 나를 도와주었다는 흐뭇한 이야기!

주의사항이 있다. 장자 이야기를 누군가에게 전할 때

가르치려 하면 안 된다. 이야기만 들려주고 깨달음은 듣는 이의 몫으로 남겨둘 것. 깨달음까지 가르치려들면 당신은 (반드시) 꼰대가 될 것이다.

고전은 텀을 두고 읽으면, 읽을 때마다 다른 것을 보고 다른 것을 생각하게 한다. 20대 때는 이 책이 그저 '흥미로운 옛날이야기'처럼 보였는데 지금 보니 심오한 철학서, 시적 영감으로 가득한 우화로 읽힌다. 아무려나, 장자는 재밌다!

12

연인

마르그리트 뒤라스, 민음사, 2007

사랑은
동사다

◆

『연인』은 내가 열다섯 살 때 친구 G의 방에서 처음 마주한 책이다. G는 발랑 까지고, 책이라면 모조리 읽어 치우고, 똑똑하고, 거짓말을 잘하고, 잘난 척하고, 외로운 아이였다. 열다섯의 G가 침대에 누워 『연인』을 읽다가 나를 끌어안았다. 그리고는 속삭였다. "나, 아주 야한 거 읽어." 우리는 괜히 부끄러워져 꺅하고 소리치고 서로 밀치며 웃었다. 사랑은 야한 '행동'이란 걸 두 사람을 자주 부끄럽게 한다는 걸 어린 우리가 알았을까? 그 책은 물성 자체로도 힘이 있었다. 위험할 정도로. 열다섯의 나는 그걸 알았다.

스무 살이 넘은 후에야 조심스럽게 이 책을 열었다.

읽을 때마다, 어느 날 갑자기 사라진 G가 떠오른다.

『연인』은 마르그리트 뒤라스(1914~1996)가 노년에 쓴 자전소설이다.

> 그러나 여러분에게 다시 한번 하고 싶은 얘기는, 내 나이 열다섯 살 반이었을 때의 얘기다. 메콩강을 나룻배로 건넜다.
>
> 그 영상은 강을 건너는 동안 줄곧 이어졌다.
>
> 내 나이 열다섯 살 반이었고, 그 나라에는 계절이 없었다. 우리는 오직 한철뿐인, 무덥고 단조로운 계절에 묻혀 있었다. 봄도 없고, 봄소식도 없는 지구의 긴 열사 지대에 살고 있었다. (11쪽)

이런 서두는 심장을 빨리 뛰게 한다. 이제 곧 굉장한 비밀 이야기가 펼쳐지겠구나. 감당할 수 없이 깊고 진한 이야기가 시작되겠구나. 프랑스 식민지령 사이공에서 강을 건너는 백인 소녀는 자기보다 열두 살 많은 중국 남자와 마주친다. 생사生絲로 만든 원피스를 입고, 중절모를 비스듬히 눌러쓴 채다. 1930년대 초의 일이다. 그들은 사랑을 한다. 사랑에 빠지거나 사랑이 불러오는 부차적인 일들에 매이는 게 아니라, 그저 사랑을 '한다'. 그들은 사랑이 동사임을 아는 것 같다. 사랑이 아니라고 생각하는, 주변의 따가운 눈총을 받으며. 그들은 자기들이 입은 옷이 사랑인 줄도 모른다. 모른 채 몸을 섞고 대화를 하고 주변의 조롱을 받고 가족들의 비난과 무언의 부추김(그 중국인은 부자였으므로)을 받는다. 그들은 그저 몸을 섞는다. 마치 할일이라곤 그것밖에 없다는 듯이. 남자는 불안에 뒤척이며 자주 울고 맹랑한 소녀는 담담히 자기 안의 욕망을 관찰한다.

> 욕망을 외부에서 끌어오려고 해서는 안 된다. 욕망은 그것을 충동질한 여자의 몸안에 있다. 그게 아니라면 욕망은 존재하지도 않는 것이다. 첫눈에 벌써 욕망이 솟아나든

지 아니면 결코 욕망이란 존재하지 않든지 둘 중의 하나이
다.(27~28쪽)

이야기는 시작부터 끝까지 슬프고 독특하다. 뒤라스는 사랑으로 '곤두선 슬픔'을 그리는 방식에 있어 가장 독창적인 작가다. 누구도 뒤라스처럼 쓸 수 없다. 그의 글에는 음악이 흐른다. 음악과 함께 심오함, 재치, 말라비틀어진 시(건조하게 널어놓기에), 난해한 걸음걸이, 무엇보다 '조망의 시선'이 있다. '조망의 시선'이라고 말하는 이유는 작가가 회상하는 대목을 쓸 때 마치 모든 것을 알아보았다는 듯 쓸쓸히 관조하는 자세를 취하기 때문이다. 가령 화자를(뒤라스 자신이라고 알려진) "사덱의 근무지에 사는 어린 백인 창녀"(44쪽)라고 칭할 때. 혹은 "나의 삶은 아주 일찍부터 너무 늦어버렸다. 열여덟 살에 이미 돌이킬 수 없이 늦어버렸다"(10쪽)고 회고할 때 그렇다. 그녀는 많은 일들을 겪고 '지쳐버린 신'처럼 이야기한다. 매혹적인 언술이다.

뒤라스의 소설에 등장하는 여자들은 음표를 몸에 두른 여왕처럼 우아하다. 그들의 이야기는 망설이며 조금씩 움직이거나 움직이면서 되돌아오는 형태로 머문다. 『연인』은 뒤라스의 작품 중 비교적 대중적인 작품이다. 개인적으로 『모데라토 칸타빌레』를 가장 좋아하지만 처음 읽는 사람에겐 『연인』을 먼저 추천하고 싶다.

13

진달래꽃

김소월, 작가세계, 2012

우리가 살면서 품은
소소한 설움들

◆

여기, 한 명의 시인이 있다. 그(또는 그의 시)를 봉지에 담긴 빵이라고 상상해보자. 그를 이루는 성분을 상상해보자. 양질의 통찰력 오백 그램, 시시때때로 변하는 기분 한줌, 음악성 열 덩어리, 고매한 사상 다섯 송이, 땀 스무 방울, 한량 기질 한 됫박, 귀기 어림 다섯 채, 절대미감 한 스푼, 좋은 눈 한 쌍, 언어 감각 백이십 퍼센트! 여기에 약간의 낭만과 극소량의 청승을 가미하면? 대중성까지 획득한다. 바로 시인 김소월(1902~1934)이 되겠다.

당신은 무슨 일로

그리합니까?

홀로히 개여울에 주저앉아서

파릇한 풀포기가

돋아 나오고

잔물은 봄바람에 해적일 때에

가도 아주 가지는

안노라시던

그러한 약속이 있었겠지요

—「개여울」 중에서

이 시를 노래로 듣던 순간을 기억한다. 어릴 때였다. 마음이 개여울을 따라 훌훌 풀려, 어딘가로 떠내려가는 것 같았다. 이유도 모른 채 숨어서 흐느끼고 싶은 마음이 들었다. 좋은 시는 사람의 심정을 호미처럼 파고들어 헤쳐놓는다는 것을 모르던 때다. 정확히는 "가도 아주 가지는 안노라시던" 이 대목에서 놀랐다. 가는 것과 아주 가는 것의 차이, 그 무게의 다름, 슬픔의 미묘한 격차를 감지했던가?

김소월의 시를 읽으면 시가 본래 노래와 한몸이었음을 생각하게 된다. 운율과 음수율의 얘기만은 아니다. 시는 노래라지만 운율 놀이는 아니다. 시는 슬픔을 담는다지만 철철 넘치는 헤픈 서정은 아니다. 다만 사랑을 못 잊어 괴로워하는 여자를 두고 이렇게 말言을 풀어주는 일이나.

> 눈들에 비단안개에 둘리울 때,
>
> 그때는 홀목숨은 못살때러라.
>
> 눈풀리는 가지에 당치마귀로
>
> 젊은 계집 목매고 달릴 때러라.
>
> —「비단안개」 중에서

상상해보라. 비단결처럼 부드러운 안개에 눈송이들 엉겨붙은 겨울날, "그리워 미친날"에, 젊은 여자가 당치

마귀(치마끈)를 나뭇가지에 걸어 목매다는 풍경을. 소월의 시에는 냉혹한 설움과 귀기 어림이 있다. 서늘해서 울음이 쏙 들어가는 지점이다. 죽음이나 슬픔, 그리움 따위가 그의 귀기 어림으로 공중에서 차게 얼어붙을 것 같다.

소월은 그리움에 언제나 극소량의 '원망'이 들어 있음을 알고 썼다. 그냥은 알 수 없고 이불을 들추면 그제야 드러나는 감정이다. 소월은 숨어 있는 한에 정통했다. 한은 대상을 향한 부정적 감정에서 오는 게 아니다. 차마 미워할 수 없고, 여전히 그쪽으로 몸이 향할 때 생기는 감정이다. 이런 구절을 보자.

바드득 이를 갈고
죽어볼까요
창가에 아롱아롱
달이 비친다

눈물은 새우잠의

팔굽 벼개요

봄꿩은 잠이 없어

밤에 와 운다

—「원앙침」 중에서

『진달래꽃』은 1925년, 스물넷의 소월이 생전에 낸 유일한 시집이다. 총 127편의 시가 담겨 있다. 오래 걸려도 좋고 오래 걸리지 않아도 좋다. 끝까지 한번 읽어봐야 한다. 우리가 아는 시, 우리가 부르던 노래, 우리가 살면서 품은 소소한 설움들을 새로 만날 수 있다. 20대 때는 소월의 시가 낡고 촌스럽다고 오해했고, 30대 때는 '먼 옛날 정서'라고 오해했다. 무지해서 그랬다. 정색하고 『진달래꽃』을 다시 읽으니 놀라운 데가 있다. 한시漢詩와 창가唱歌와 신체시만 있던 시절 소월의 시는 눈이 번쩍 뜨일 만큼 모던한 시였을 것이다. 소월이 노래한 한, 슬픔,

어둠은 한국에서 자란 이들의 영靈에 정서적 DNA로 유전되고 있다. 우리에게 소월이 있다는 것, 이런 시인이 있다는 것은 세계에 자랑할 만한 일이다.

"나쁜 일까지도 생의 노력努力"이라고 노래한 소월은 1934년 서른셋의 나이에 술과 함께 아편을 삼키고 이튿날 죽은 채 발견됐다.

14

나르치스와 골드문트

헤르만 헤세, 그책, 2023

우정에도
관능이 깃들 수 있다

◆

인간과 인간이 서로 지극히 사랑하면, 우정에도 관능이 깃들 수 있다. 열망, 기대, 한숨, 경애, 두려움을 포함한 사랑의 감정이 깃들 수 있다. 성별에 상관없이 그럴 수 있다. 이 소설은 두 남자의 사랑과 우정 이야기다. 이들의 우정은 좀 특별하다. 나르치스와 골드문트 사이를 동성애 코드로 한정하고 읽기엔 무리가 있지만, 둘의 오묘한 우정 탓일까? 소설 전반에 관능과 긴장이 흐른다.

젊은 수련 수사 나르치스와 수도원에 입학한 소년 골드문트는 처음부터 서로에게 끌린다. 북극과 남극처럼 N극과 S극처럼 오른편과 왼편처럼 그들은 다른 한편 닮았다. 나르치스가 정신, 이성, 논리, 철학을 통해 세상을 인식한다면 골드문트는 감각, 경험, 예술을 통해 세상을 이해한다. 나르치스는 골드문트의 본성을 꿰뚫어보고 대화로 그를 이끌어준다.

> 너는 예술가이고 나는 철학자야. 너는 어머니의 가슴에 파묻혀 잠들고, 나는 사막에서 깨어나는 거지. 내게는 태양이 비치고, 네게는 달빛과 별빛이 쏟아져. 너는 소녀를 꿈꾸고, 나는 소년을……(66쪽)

골드문트는 수도원 밖에서 만난 소녀를 통해 사랑과 쾌락을 알게 되고 수도원을 떠난다. 오랜 방랑을 통해 추위와 배고픔, 자연의 섭리, 사랑과 이별, 질병과 죽음, 예술의 고통과 기쁨을 체득하다 살생을 저지르는 상황에 이른다. 그러는 중에도 그의 마음속엔 수련하고 있을 나르치스 생각이 떠나지 않는다. "들숨이면서 동시에 날숨인 것, 남자이면서 동시에 여자인 것, 자유이면서 질서인 것, 충동이면서 영성인 것은 어디에도 없"(349쪽)

는 건지, 골드문트는 세상을 지배하는 이원적 구도에 의구심을 가진다. 소설 끝자락에서 수도원장이 된 나르치스와 속세를 관통한 늙은 예술가 골드문트는 재회한다. 수도원의 삶이 수련인 것처럼 속세의 삶 역시 수련이다. 치열히 살아온 골드문트는 혜안을 가진 노인이 된다. 좋은 노인이 되는 것, 그것은 가장 좋은 성장이다.

헤르만 헤세에게 평생 화두는 '성聖'과 '속俗', 그 사이에서의 성장이다. 『데미안』『수레바퀴 아래서』『싯다르타』 등의 작품에서 볼 수 있듯 그는 이 화두를 변주하며 여러 작품으로 고쳐 써왔다. 『나르치스와 골드문트』에는 고통, 방랑, 성장, 사랑, 철학, 예술, 우정, 죽음 등 발음해보는 것만으로도 무거운 2음절의 관념어들이 고루 담겨 있다. 헤르만 헤세는 관념의 형상화에 능한 작가다. 우리가 어렴풋이 알고 있는 사상이나 관념도 그의 소설 속 인물을 통과하면 색과 몸을 입고 명료해진다.

어릴 때 우리집 책장엔 '지知와 사랑'으로 제목을 의역한 동일 작품이 있었다. 지와 사랑이라니! 제목을 왜 그렇게 번역한 걸까? 나는 '지식욕을 가진 노학자의 지루한 이야기'일 거라 오해하여 책을 들춰보지 않았다. 소설가 배수아의 번역으로 『나르치스와 골드문트』가 나왔을 때 깜짝 놀랐다. 매력적인 원제에 놀랐고 눈을 떼기 어려울 정도로 소설이 재미있어 또 놀랐다. 배수아는 이 소설이 소년을 위한 성장소설이자 에로틱한 본성을 찾아가는 "관념적인 성애 소설"로 읽힌다고 했는데, 전적으로 동의한다. 이 소설은 지성과 관능을 고루 욕망하는 인간의 성장통을 담고 있다.

한 자리에서 정신으로 세계를 관통하는 나르치스, 온갖 곳을 떠돌며 경험해보고 인식하는 골드문트. 당신은 나르치스와 가까운가, 골드문트와 가까운가? 나는 골드문트에게 주로 감정이입해 그를 따라 온 세상을 휘뚜루마뚜루 휘젓고 다니느라 진이 다 빠졌다! 어쩌면 나르치스 안에 깃든 골드문트, 골드문트 안에 깃든 나르치스를 발견하는 일이 독자의 숨은 임무일지도 모르겠다.

15

침묵의 세계

막스 피카르트, 까치, 2010

침묵은
또다른 언어다

◆

모든 글은 말과 침묵 사이에서 투쟁한 기록이다. 산문은 말에 기대고 시는 침묵에 의지해 태어난다. 좋은 글은 늘 침묵을 머금고 있다. 침묵이 없는 글은 따발총처럼 허공에 난사되어 사라질 뿐이다. 좋은 글은 읽는 사람의 덜미를 잡은 채 흐른다. 읽는 사람이 멈추고 생각하게 한다. 행간에 도사린 침묵을 독자가 누리려 하기 때문이다.

한편 좋은 대화는 침묵이 대화를 주도해도 불편하지 않은 대화다. 달변은 침묵을 곁에 둔 달변이어야 좋고 눌변 역시 침묵이 주인공인 눌변이어야 좋다. 음악은 어떨까? 피아니스트 알렉상드르 타로는 공연을 앞두고 "오늘 저녁에도 많은 음과 침묵이 있을 것"이라고 말했다. 침묵은 '무음'이 아니다. 다른 종류의 언어다.

> 침묵은 결코 수동적인 것이 아니고 단순하게 말하지 않는 것이 아니다. 침묵은 능동적인 것이고 완전한 세계이다.
>
> 침묵은 그야말로 그것이 존재한다는 사실 때문에 위대하다. 침묵은 **존재한다.** 고로 침묵은 위대하다.(19쪽)

피카르트는 단순히 침묵 신봉자가 아니다. 침묵을 위해 말을 희생해야 한다고 주장하지도 않는다. 그는 말과 침묵이 서로에게 속해 있다는 사실을 일깨운다. "말은 침묵과의 관련을 잃어버리면 위축되고 만다. 따라서 오늘날 은폐되어 있는 침묵의 세계는 다시 분명하게 드러내어져야 한다. 침묵을 위해서가 아니라 말을 위해서."(18쪽)

오늘날 침묵은 어디에 있는가? 도시에서 침묵은 실종

상태다. 인간은 자연과 달리 끊임없이 소리를 계획하고 생산한다. 음악을 듣고 텔레비전을 보고 전화를 해 다른 이의 목소리를 찾는다. 침묵은 소리의 끊김이 아니라 소리를 끌어안고 잠시 기다리는 상태다. '아직 말해지지 않은 말'이다. 침묵은 가능성이고, 침착하게 오는 중인 미래다. 침묵이 없는 삶은 가난한 삶이다. 피카르트는 이 책에서 아기, 노인, 시인, 농부, 동물의 언어에 나타난 여러 형태의 침묵에 주목한다.

> 아기의 말에는 내용보다 선율이 더 많다. (…)
>
> 아기의 언어는 소리로 변한 침묵이다. 어른의 언어는 침묵을 추구하는 소리이다. (136쪽)

> 노인들은 말을 마치 무거운 작은 공처럼 입술 사이에서 이리저리 움직인다. 그것은 말들을 비밀스럽게 침묵으로 돌려보내는 것 같다. (137쪽)

시인들의 언어 속에서만은 이따금씩 침묵과 연결되어 있는 진정한 말이 나타난다. 그것은 망령과도 같다. 자신이 다만 하나의 망령으로서 거기 있을 뿐이며, 자신은 다시금 사라져버릴 수밖에 없다는 비애로 가득찬 망령인 것이다. 시의 아름다움은 그러한 말이 나타났다가 다시 사라져버리는 어두운 구름이다.(46쪽)

막스 피카르트(1888~1965)는 뮌헨에서 의사로 살다 만년에는 스위스에서 글을 썼다. 그의 글은 시에 가깝다. 침묵이 언어를 지휘하도록 허락하고 시적 몽상이 활개치는 글이다. 마치 침묵의 허락하에 언어가 겨우 조금씩 얼굴을 드러내듯 쓰인 것 같다. 단번에 읽어치우려는 사람에겐 진입장벽이 높은 책일 테지만 시를 읽듯 천천히 음미하는 자에겐 황홀한 독서 경험을 선사할 것이다.

완전한 침묵 속에서 지내본 적이 언제였던가? '틈'이나 '망설임' '여백'에 관대하지 않은 이들의 대화 속에서 침묵은 얼마나 야위었을까? 만약 꾸준히 독서하는 사람이 조금이라도 현명하다면 그 이유는 '침묵 속 경청'에 있을 것이다. 독서는 남의 말을 듣는 행위고 듣기는 침묵이란 의자에 앉아 있는 일이다. 타인의 생각 속에서 기다리고 머무는 일이다. 혼자 책 읽는 사람을 보라. 침묵에 둘러싸여 얼마나 아름다운지!

16

나는 왜 쓰는가

조지 오웰, 한겨레출판, 2010

너무 따뜻한 칼

◆

똑똑한 남성이 세상을 위해 투쟁할 때 그를 움직이는 동기는 무엇인가? 대체로 사상, 이즘, 대의명분인 경우가 많다. 그들은 생각으로 세상을 지배하고 명분으로 전쟁을 일으킨다. 성공하면 높은 직위에 오르거나 영웅으로 추앙받는다. 훌륭하고 훌륭하다. 그러나 말과 행동이 다른 영웅이 얼마나 많은가? 약자 편을 들지만 강자의 입장이며 혁명을 원한다지만 변화를 두려워하고 평등을 주장하나 이미 많은 것을 가진 자들!

조지 오웰(1903~1950)은 약자의 눈높이에서 세상을 보고 행동한 영국 작가다. 이튼 스쿨 졸업 후 대학에 가지 않고 식민지 인도에서 5년간 경찰로 근무하며 제국

주의의 끔찍함과 식민지인들의 고통에 죄의식을 가졌다. 공산당에 가입하고 스페인 내전에 참가했다. 파리와 런던의 밑바닥 생활자들의 삶을 취재하기 위해 오랜 시간 부랑자들과 생활했다. 모로코 마라케시에서는 늙은 여성 노동자들(아무도 주시하지 않는!)의 "눈에 안 띄는 경향"에 주목한다.

> 몇 주 동안 매일 언제나 같은 시간에 노년의 여성들이 장작을 지고서 줄지어 집 앞을 절뚝절뚝 지나갔건만, 그리고 그 모습이 내 눈에 분명히 비치었건만, 나는 사실 그들을 봤다고 할 수가 없다. 내가 본 건 장작이 지나가는 행렬이었다. (…) 엄청난 무게에 짓눌려 반으로 접혀버린, 뼈와 가죽만 남다시피 오그라든 육신들 말이다.(73~74쪽)

오웰은 사상이나 언어에만 매몰된 작가가 아니다. 전체주의의 끔찍함, 진정한 혁명을 두려워하는 가짜 사회주의자들, 이기심에 빠진 민족주의를 비판했다.

> 1936년부터 내가 쓴 심각한 작품은 어느 한 줄이든 직간접적으로 전체주의에 '맞서고' 내가 아는 민주적 사회주의를 '지지하는' 것들이다. 우리 시대 같은 때에 그런 주제를 피해 글을 쓸 수 있다고 생각하는 건 내가 보기에 난센스다. (…)
>
> 지난 10년을 통틀어 내가 가장 하고 싶었던 것은 정치적인 글쓰기를 예술로 만드는 일이었다. (297쪽)

세태 비판을 담은 칼럼에서 그의 문장은 더없이 빛나지만 그가 『동물농장』이나 『1984』 같은 명작을 쓴 소설가라는 점을 기억해야 한다. 평화로운 시대였다면 다른 방식으로 글을 썼을지 모른다던 그는 이런 시를 남겼다.

> 200년 전이었다면, 나
> 행복한 목사가 됐을지도 모르지.
> 영원한 심판을 설교하고
> 제 호두나무 자라는 모습을 즐기는.

그러나, 아, 사악한 시절에 태어나

그 좋은 안식처를 놓쳐버렸네.

(295쪽)

이 책 한 권에는 20세기를 가로지르는 역사 문제, 작가의 정체성, 세상을 향한 사랑으로 고투하는 한 인간의 정신이 담겨 있다. 1931년에서 1948년까지 발표한 산문이 시간순으로 실려 있는데 시대 상황에 따라 예민하게 반응하는 작가의 논지를 볼 수 있다. 순서에서 벗어나 '코끼리를 쏘다' '서점의 추억' '두꺼비 단상' '가난한 자들은 어떻게 죽는가' 등 흥미로운 소제목을 따라 읽어도 좋다.

조지 오웰은 '완벽한 인간됨'을 추구한 자가 아니다. 오히려 도덕적 명분과 자기 신의를 앞세워 가족에게 상처를 준 간디의 한계를 꼬집었다. 그는 인간됨의 본질이 완벽을 추구하는 게 아니라 "결국엔 생에 패배하여 부서질 각오가 되어 있는 것"(455쪽)이라고 생각했다.

대의보다 사랑, 승리보다 패배를 좇는 '똑똑한 남성'이 어디 흔한가? 촌철살인을 무기로 가진 그는 사실 '너무 따뜻한 칼'이었다.

좋은 산문은 유리창과 같다고 한 조지 오웰. 그의 글을 읽을 때마다 창을 두고 그와 마주앉은 기분이 든다. 투명하고 따뜻한.

17

슬픔이여 안녕

프랑수아즈 사강, 아르테, 2023

아름답고도
묵직한 이름

◆

모든 작가의 첫 걸음에는 그의 마지막 걸음도 묻어 있는 걸까? 프랑수아즈 사강(1935~2004)의 첫 소설 『슬픔이여 안녕』에 이런 문장이 나온다.

> 그 생활에는 생각할 자유, 잘못 생각할 자유, 생각을 거의 하지 않을 자유, 스스로 내 삶을 선택하고 나를 나 자신으로 선택할 자유가 있었다. 나는 점토에 지나지 않았으므로 '나 자신으로 존재한다'고 말할 수는 없다. 하지만 그 점토는 틀에 들어가기를 거부한다. (64쪽)

사강의 말년을 아는 사람이라면 이 문장에 주목할 것이다. 훗날 마약 소지 혐의로 법정에 섰을 때 "타인에게

피해를 주지 않는 한, 나는 나를 파괴할 권리가 있다"고 증언한 노년의 사강의 모습이 보이기 때문이다.

1954년, 열아홉의 나이로 첫 소설 『슬픔이여 안녕』을 발간했을 때 각지에서 사강에게 찬사가 쏟아졌다. 문학계의 샤넬. 유럽 문단의 매혹적인 작은 악마. 지나칠 정도로 재능을 타고난 천재 소녀……

> 나를 줄곧 떠나지 않는 갑갑함과 아릿함, 이 낯선 감정에 나는 망설이다가 슬픔이라는 아름답고도 묵직한 이름을 붙인다. (11쪽)

소설은 슬픔을 호명하며 시작한다. 열일곱의 화자 세실이 마흔 살의 바람둥이 아버지와 그의 두 애인, 자신의 애인과 여름휴가를 보내며 겪는 일들이 소설을 이루고 있다. 인간의 심리—사랑, 욕망, 질투 등—를 세밀하게 관찰하는 이 소설은 슬픔을 느낄 수밖에 없는 '근원적인 이유'를 탐구한다. 훗날 사강은 자신의 첫 소설을 두고 "시대를 막론하고 지루하지 않게 읽을 수 있는 작품"이라고 했다. 또한 많은 비평가들이 자신의 작품을 '보고서'처럼 비평할 뿐 정작 느낌을 얘기하는 글은 보지 못했다고 토로했다. 그래서 내 느낌을 말해보자면 삶의 본질을 꿰뚫어본 작가의 시선과 핍진성, 등장인물의 생생한 움직임을 보며 소름이 끼쳤다. 처음 읽은 나이로부터 20년이 지나 다시 읽으니 이 소설이 얼마나 잘 쓴 소설인지 왜 고전 반열에 올랐는지 깨달았다. 좋은 소설은 내용을 몇 줄로 축약해 말하기 힘든데, 이 소설이 그런 유의 소설이다.

사강은 글쓰기로 이른 나이에 성공해 삶이 주는 좋은 점과 나쁜 점을 고루 누렸다. 도박과 스피드, 약물, 쾌락과 정념, 자기 파괴에 열중했다. 알면서도 끝을 향해 가는 사람들 특유의 '초연한 용기' 때문에 사강은 범상치 않은 자의 목록에 들어갔다. 사강은 호랑이, 고양이, 새끼 쥐, 사슴, 악어, 코끼리, 독수리 알, 썩은 생선이다. 남자와 여자, 부자와 가난뱅이, 성공한 사람과 실패한 사람, 사강은 이 모든 것 너머에 있다.

어느 산문에서 사강은 책이 잘 팔려 '미친듯이 돈이 들어오던 시절'을 회상하며 "수표가 벚꽃처럼 흩날리던 시절"이라고 썼다. 나는 이 문장에 홀딱 반해 헤어나지 못한 적이 있다. 돈을 떨어지는 꽃잎 보듯 바라보는 인간도 있구나, 감탄했다! 돈을 떨어지는 꽃잎으로 보는 사강이었기에 그녀는 평생 돈 때문에 고생했다(그렇게 많이 벌고도!). 전 재산을 건 하룻밤의 도박, 전국 카지노 출입 금지령, 끊임없이 매달린 소설, 풍요와 빈곤, 사랑과 외로움…… 사강은 이 모든 것에 중독되었고 쉽게 해독되지 못했다. 이런 면모를 가진 사강에게 자꾸 마음이 가는 이유는 뭘까? 사강은 뛰어난 사람들보다 '보잘것없는' 사람들에게 더 마음이 끌린다고 하였다. 전등불에 뛰어드는 나방과 같은 그들의 숙명 때문에. 어쩌면 사강 본인의 말에서 답을 찾을 수 있을지도 모르겠다.

18

화사집

서정주, 문학동네, 2001

죽고 나서,
시작하는 시

◆

고등학교 수업 시간에 「자화상」을 처음 읽던 순간을 기억한다. 누군가 나를 가격한 것처럼 아득해졌다. “애비는 종이었다”고 시작할 때 선득한 느낌, 절정의 순간 단도직입으로 이야기하는 방식에 충격을 받았다. 죽고 나서 시작하는 것 같았다. 그때 알았다. 시가 이런 거구나.

『화사집花蛇集』은 1941년에 나온 서정주(1915~2000)의 첫 시집이다. 이 시집은 징그럽다. 아름다워서, 끔찍해서, 어두워서, 귀기鬼氣가 서려 있어 징그럽다. 도깨비가 이쪽을 노려보며 내뱉는 독백 같다. 그는 귀신이 돕는 시인이다. 그가 신의 목소리를 흉내낼 땐 능글맞고 완벽하다. “꽃다님” 같다. 꽃 같은 뱀은 이 시집의 얼굴이다. 힘이 센데 목소리의 아름다움 때문에 힘이 '수평으로' 누워 흘러가는 것 같다.

거장의 솜씨로 첫 시집을 빚은 뒤 그는 한숨이 나올 정도로 좋은 시들을 줄줄이 써냈다. 전집을 읽어보면 태작 없이 한국말을 이토록 아름답게 쓰는 게 가능한가 감탄하게 된다. 그러나 서정주는 친일시와 군사 독재자에게 바친 찬양시 등 정치적으로 큰 과오를 저질러 재평가받는 중이다. 교과서에서 시가 빠지고 문학상이 폐지되고 시를 읽지 말자는 분위기가 팽배하다. 독자들은 친일 행적의 원죄를 지닌 그의 시를 들여다보는 것조차 꺼린다.

물론 그는 변명의 여지가 없다. '훌륭한 인간'은 아니다. 그런데 시인이 반드시 훌륭한 인간이어야 할까? 반듯하고 청렴하고 정의로운 인간만 시를 써야 하는가? 더러는 비루한 자가 큰 잘못을 저지르고 말간 눈으로 아침을 맞이한 후 읊조리는 독백도 시가 되지 않던가? 보들레르를 생각해보자. 마약과 문란한 사생활, 무분별한 사치로 금치산자 판정을 받았다. 그 역시 흠 많은 인격으로 숱한 과오를 저지르며 일생을 살았지만 그의 시집 『악의 꽃』은 문학사에 남았다.

나는 서정주의 과오를 덮어주자고 말하는 게 아니다. 삶만 들여다보면 그는 누추하고 비겁한 삶을 살았다. 그의 죄는 엄중히 따져 묻되 뛰어난 문재는 따로 평가해야 한다. 잘못된 역사나 개개인의 과오는 지우고 숨기는 게 능사가 아니다. 기억해야 한다. 우리는 서정주의 삶을 평가하는 동시에 작품을 정당하게 평가할 의무도 있다. 한국어의 소슬한 경지에 가닿은 그의 시들을 폐기하는 것으로 우리가 잃을 것을 생각해봐야 한다.

서정주는 석류꽃을 두고 '영원으로 시집가는 꽃'이라 표현한 시인이다. 당신은 영원으로 시집가는 꽃을 아는가? 그 아득한 생의 얼굴을 보았는가? 그러니 미워하자.

그의 행적을 엄중히 비판하고 미워하면서 읽자. 이 슬픈 뱀을 들여다보자. "을마나 크다란 슬픔으로 태여났기에, 저리도 징그라운 몸둥아리냐"(「화사」) 한탄하며 슬퍼하자. 용서 없이 그의 옹졸한 삶을 책망하며 끔찍하고 매혹적인 그의 시들을 마주하자는 얘기다.

시는 잘못이 없다. 시는 시인을 위해 태어나는 게 아니다. 독자를 위해서도 아니다. 시는 태어나고 싶어서 태어난다. 우리 모두가 그렇듯이.

스물셋 난 청년 서정주는 「자화상」에서 이렇게 예언하지 않았던가. "어떤 이는 내 눈에서 죄인罪人을 읽고 가고/어떤 이는 내 입에서 천치天痴를 읽고 가나" 병든 수캐처럼 걸어왔다고. 그는 시인의 직관으로 자기 운명을 알아차렸을까? 「수대동시」라는 시에서 시인은 이렇게 쓰고 있다. "흰 무명옷 갈아입고 난 마음" "오랫동안 나는 잘못 살았구나"라고!

19

동백꽃

김유정, 문학과지성사, 2005

시작하면
멈출 수 없는 이야기

◆

동백꽃은 한자리에서 뜨거운 커피를 호로록 마시는 동안 다 읽을 수 있는 소설이다. 짧지만 그윽하고, 여운이 깊다. 이 책에는 표제작 「동백꽃」을 비롯해 김유정(1908~1937)의 빼어난 단편들이 실려 있다.

> 오늘도 또 우리 수탉이 막 쪼키었다. (296쪽)

이 '신나는 시작'을 우리는 알고 있다. 알지만 한번 시작하면 멈출 수가 없다. 재미있기 때문이다! 읽고 나면 매번 고추냉이를 맛본 것처럼 코끝이 알싸해진다. 눈앞에서 파드득대며 닭싸움이 한 차례 지나간 것 같고 이중섭의 〈부부〉라는 그림도 슬몃 떠오른다. 날개를 펼친 수

닭과 암탉이 '쪽' 입맞춤하는 그림이다.

열일곱 살의 화자는 점순이의 마음을 몰라준다. 자존심이 상한 점순이는 자기네 수탉과 화자네 수탉끼리 싸움을 붙인다. 수탉의 싸움이 고조될수록 이야기의 흥미도 깊어진다. 김유정은 소설이 설명하는 일이 아니라 보여주는 일이어야 한다는 것을 아는 작가다. 해석이나 설명 없이 둘의 모습을 그대로 보여준다. 요즘으로 치면 두 인물의 '밀당'과 '썸'을 생생하게 그리고 있다.

소설 끝자락에서 화자는 점순이의 닭을 실수로 죽인다. "비슬비슬 일어나며 소맷자락으로 눈을 가리고는 얼김에 엉, 하고 울음을 놓"는 화자에게 점순이는 묻는다. "그럼 너 이담부텀 안 그럴 테냐?"(305쪽) 무엇을 안 그래야 하는지도 모르면서 화자는 안 그러겠다고 약속한다. 이후 한국문학사에 남을 명장면이 펼쳐진다.

그리고 뭣에 떠다밀렸는지 나의 어깨를 짚은 채 그대로 픽 쓰러진다. 그 바람에 나의 몸뚱이도 겹쳐서 쓰러지며 한창 피어 퍼드러진 노란 동백꽃 속으로 폭 파묻혀버렸다.

알싸한 그리고 향긋한 그 내음새에 나는 땅이 꺼지는 듯이 온 정신이 그만 아찔하였다. (306쪽)

강원도에선 생강나무를 '노란 동백'이라 불렀다고 한다. 그러니 노란 동백은 생강나무 꽃일 가능성이 크다. 꽃에 파묻힌 그들은 두번째 약속을 한다. "아무 말 마라?" "그래!"(306쪽) 둘만의 비밀이 생긴다는 것. 그것은 관계가 새로운 국면을 맞이한다는 뜻이다. 아무리 눈치코치 없는 화자라도 이제는 점순이의 마음을 알아챌 만도 하다.

김유정은 괴로운 인간사에서도 희망을 먼저 본 작가다. 그의 작중인물들은 하나같이 가난하고 미련하고 헛된 희망을 좇고 사기를 당하고 노름판을 기웃거리고 추루하지만 놀라울 정도로 생기가 있다. 쉽게 좌절하거나 숨지 않는다. 때로 우스꽝스럽고 사랑스럽다. 사기꾼이나 노름꾼, '나쁜 놈'에게조차 정이 간다. 사는 일은 원체 비루함을, 그러나 인간 하나하나를 들여다보면 가엾은 데가 꼭 하나씩은 있음을 김유정은 알았을까? 그가 죽기 전에 친구 안회남에게 쓴 편지가 있다.

> 나는 참말로 일어나고 싶다. 지금 나는 병마와 최후 담판이다. 나에게는 돈이 시급히 필요하다. 그 돈이 없는 것이다.
>
> 내가 돈 백 원을 만들어볼 작정이다.
>
> 돈, 돈, 슬픈 일이다.
>
> 나는 지금 막다른 골목에 맞딱드렸다.
>
> (『원본 김유정 전집』, 강, 474쪽)

폐결핵과 치질로 밤마다 비명을 지르면서도 그는 살기 위해 탐정소설 번역 일을 구해주면 50일 이내로 번

역해 보내겠다고 장담했다. 돈이 생기면 닭 삼십 마리를 고아 먹고 땅꾼을 들여 살모사 구렁이도 먹어보겠다고, 그러면 살아날 게 분명하다고 썼다. 편지를 쓰고 그는 열하루 뒤에 죽었다.

김유정의 이 마지막 편지를 책상 앞에 붙여놓고 날마다 들여다보던 시절이 있었다. 소리 내어 읽으며 1937년 3월 18일 그가 편지를 쓰던 날 밤을 생각했다. 그 밤에 오래 머무르던 시절이 있었다.

20

변신

프란츠 카프카, 문학동네, 2005

사랑해서 필요한가,
필요해서 사랑하나

◆

모든 첫 문장은 글의 뿌리이자 시작점이다. 나머지 문장은 첫 문장에 머리채가 잡힌 채 '매달리어' 간다. 첫 문장에 글의 운명이 걸려 있다고 할까? 부실한 첫 문장은 나머지 문장들을 꼬치처럼 꿰지 못하고 흩어지게 한다. 프란츠 카프카(1883~1924)의 『변신』은 한번 들으면 잊히지 않는 강렬한 첫 문장으로 시작한다.

> 어느 날 아침 그레고르 잠자가 불안한 꿈에서 깨어났을 때 그는 침대 속에서 한 마리의 흉측한 갑충으로 변해 있는 자신의 모습을 발견했다. (7쪽)

집안을 책임지던 가장이 어느 날 커다란 벌레로 변신

한다면? 당신이 그의 가족이라면 어떤 반응을 보이겠는가? 이 소설은 읽는 데 두 가지 재미 요소가 있다. 하나는 그레고르 잠자가 완전히 '벌레화化' 되는 과정을 지켜보는 것, 다른 하나는 그레고르 잠자 못지않게 변신하는 가족들의 심리와 행동을 따라가며 읽는 것이다. 가족들은 사랑과 걱정의 마음을 내비치다 벌레가 된 그의 모습을 마주하고는 경악한다. 공포와 한숨, 미래에 대한 두려움이 그들을 사로잡는다. 이후 실망과 원망, 짜증, 분노를 거쳐 가족들은 드디어 살의를 느낀다.

> 저는 저런 괴물 앞에서 오빠의 이름을 입 밖에 내고 싶지 않아요. 그러니까 제가 말씀드리고 싶은 건 오직 한 가지, 우리가 저것에서 벗어나야 한다는 거예요. 우리는 그동안 저것을 돌보고 참아내기 위해 인간으로서 할 수 있는 일은 다 해봤어요. 우리를 조금이라도 비난할 수 있는 사람은 아무도 없을 거예요.(111쪽)

늙은 부모와 무력한 여동생 대신 가족의 생활비를 벌기 위해 '일벌레'로 살아온 그레고르 잠자. 그가 쓸모없는 벌레로 변하자 가족들은 싸늘한 태도를 보이고 현실적으로 변한다. 밖에 나가 일을 구하고 하숙을 치고 삯바느질을 하며 살 궁리를 한다. 나약했던 여동생은 "괴물"에게서 벗어나야 한다고 선동하는, 가족의 새 리더로 변모한다.

그레고르 잠자는 가족 안에서 왜 '괴물'로 전락했을까? 표면적으로는 그가 자신들과 다른 형질을 띠는 거북한 종種이 되었기 때문이다. 인간은 본래 자신과 다른 것을 두려워한다. 때로 견디지 못하고 공격한다. 파시즘, 민족주의, 가족 이기주의, 주류 집단의 결속, 소수자에 대한 혐오 등을 떠올려보면 알 수 있다. 그레고르 잠자가 갑충이 아니라 병아리나 고양이로 변했다면 이야기는 전혀 다른 방향으로 흘렀을지 모른다. 이야기의 이면을 들여다보면 그레고르 잠자는 하루아침에 무력한 존재가 되었기 때문에 괴물과 다름없어졌다. 가족 구성원 사이에서 해오던 역할과 임무, 희생, 성과, 기대치에서 벗어난 그는 아무것도 아닌 존재이자 처치 대상인 "저것"이 된 것이다. 가족들의 혐오가 그레고르 잠자의 외형과 존재의 형식(역할)에 기인한다는 점이 입맛을 쓰게 한다.

카프카는 인간의 본성, 이기적인 습성과 배타적 태도, 불안과 공포, 부조리로 점철된 삶을 면밀하게 관찰한 작가다. 그가 그리는 인물들은 대체로 부조리한 상황에 빠져 옴짝달싹 못한다. 기이한 상황 설정은 동화적으로 보이기까지 하는데 내용을 풀어가는 화자의 시선과 작가의 언술이 치밀하고 논리적이기에 핍진성을 획득한다. 그가 보여주는 불합리한 무대는 우리가 사는 현실과 다르지 않다. 인간을 무력하게 만드는 것은 주어진 상황(시스템), 개인의 힘으로 바꿀 수 없는 견고한 벽, 보이지 않는 억압과 지배다. 그것은 백년 전과 조금도 달라지지 않았다. 카프카는 이런 상황에서 인간이 어떻게 고립되는지, 우스워지고 몰락하는지 집요하게 보여준다.

이 짧은 소설을 앞에 두고 질문해본다. 가족을 탄생하게 하는 것이 사랑이라면 가족을 유지하게 하는 것은 무엇인가? 가족은 사랑해서 필요한 것인가, 필요해서 사랑하는 것인가? 우리는 결국 무엇으로 '변신'할 것인가.

21

삼십세

잉에보르크 바흐만, 문예출판사, 1995

서른, 미숙과 성숙 사이

◆

서른 무렵 나는 초조했다. 훌륭한 이들은 서른 이전에 이름을 알리고 요절해 전설이 된다는데, 나는 요절을 바라기엔 지나치게 튼튼했고 입신양명은 요원해 보였다. 그때 바흐만(1926~1973)의 소설집 『삼십세』를 만났다.

표제작 「삼십세」는 만 29세 생일부터 만 30세의 생일까지 주인공이 겪는 심경의 변화와 고뇌를 담아낸 소설이다. 인간이 20대에 그토록 자신만만하고 격렬한 감정에 치우치고 사랑에 매달리며 위험을 겁내지 않는 이유는 자신에게 (아직) 반해 있기 때문이다. 자기혐오에 빠져 있는 20대조차 실은 스스로에게 반해 있다. 자기혐오란 자신에 대한 가치 기준을 높이 둔 자들이 빠지는 것이기 때문이다. '훌륭해야 마땅할' 나, '사랑받아야 마땅할' 나와 현실의 나 사이. 이 간극에서 자기혐오가 생긴다.

"그는 지금 이미 자신의 별에 반해 있지 않다."(13쪽) 이 문장은 그래서 의미심장하다. '그'에게 과거는 추억이 아니다. 비판적으로 분석할 대상이다. '그'를 둘러싼 시간조차 이전과 다르게 흐른다. 지금껏 타인들과 어울리느라 낭비했던 시간을 돌아보며 '그'는 생각을 수정한다.

> 이제 와서 그는 시간을 이용하지는 않더라도 그것을 자기편으로 구부려놓고는 시간의 향내를 맡았다. 그는 시간을 즐기게 된 것이다. 시간의 맛은 순수하고 좋았다. 그는 완전히 자기 자신에게만 몰입하고 싶었다.(25~26쪽)

시간을 "자기 편으로 구부려놓고" "자신에게만" 몰입이 가능한 나이. 바흐만에게 서른은 그런 나이다. 서른

이후의 인간은 자기 내부를 들여다보며 열중하는 가운데 세상을 재인식한다. 이 복잡한 인식의 재정비 속에서 '서른'은 이정표처럼 서 있다. 산 자라면 누구나 지나야 하는 이정표. 이 이정표 앞에서 취하는 우리의 시선과 태도가 삶의 색과 결을 정할지 모른다.

"추락하는 것에는 날개가 있다"는 문장으로 유명한 바흐만은 시인, 소설가, 극작가, 철학자다. 이 책은 소설이지만 산문 같고 산문이지만 시 같으며 때로 철학서처럼 읽힌다. 작가는 독자가 페이지를 쉽게 지나도록 두지 않는다. 주인공의 생각 속에서 배회하게 하고 서사 따위는 알 바 아니라는 듯 갑자기 시적 몽상에 깊이 빠지기도 한다. 이야기를 지체하며 주인공의 의식의 흐름을 조명한다. '그'의 생각은 자의적이고 밀도가 높고 때로 난해하다. 서른을 코앞에 둔 주인공이 "함정에 빠져" 있다고 생각하기 때문이다.

이 금빛의 9월, 타인이 나에 대해 품고 있는 모든 환상을 털어내버린다면, 나는 도대체 누구란 말인가? 구름이 저처럼 흐르는 것이라면 나는 대체 누구일까!(20~21쪽)

서른을 맞이하는 인간은 미숙과 성숙 사이에서 갈팡질팡하는 존재다. 서른뿐이랴. 물리적 시간에 따라 꼬박꼬박 매겨지는 나이와 철 모르는 자아 사이에서 인간은 끝내 고투할 수밖에 없다. 이 책은 서른을 코앞에 둔 인간의 불안한 마음과 혼란을 치열하게 그린 명작이다.

22

이상한 나라의 앨리스

루이스 캐럴, 창비, 2015

교훈 같은 건
없을지도 몰라요

◆

카페에서 『이상한 나라의 앨리스』를 읽는데, 〈엘리제를 위하여〉가 흐른다. 피아노를 배울 때 누구나 한 번쯤 연주해보던 곡, 후진하는 트럭에서 흘러나오던 곡, 어느 집 초인종을 누르면 나오던 소리, 집 전화벨로 쓰이던 익숙한 멜로디! 베토벤은 이 곡이 '일상 속 음악'이 될 줄 알았을까? 자기 음악을 이렇게 사용하는 걸 그가 좋아할까 생각해보다 깨달았다. 이게 고전이구나! 고전은 벽장에 모셔두고 기리는 작품이 아니라 일상에서 누구나 쉽게 접하고 '사용하는' 작품이구나! 오래되어 가치와 역사를 지닌 것, 사람들이 공공재처럼 사용하고 누리는 것, 예술가들에 의해 끊임없이 변주되어 재탄생하는 것이 진정한 고전이다!

루이스 캐럴(1832~1898)의 『이상한 나라의 앨리스』는 고전 중의 고전이다. 이 책은 1865년 출간 후 백오십 년 동안 세계 여러 나라에서 사랑받았다. 다양한 삽화가 실린 번역본, 캐릭터 상품, 연극, 영화, 미술 전시에서 '앨리스'를 볼 수 있으며 여전히 흥미로운 작품으로 평론가들의 해석과 평가를 받아낸다.

이 책을 지배하는 논리는 난센스다. 풍자와 아이러니와 말놀이다. 사실 이것을 제대로 이해할 수 있는 존재는 아이가 아니라 어른이다. 때문에 『이상한 나라의 앨리스』는 어른이 되어 다시 읽어봐야 하는 책이다. 어릴 때는 우스개로 들리던 말들, 인물들이 벌이는 황당한 사건들이 색다르게 보인다. 미친 모자 장수, 무기력한 겨울잠쥐, 알 수 없는 말을 남기고 사라지는 체셔 고양이, "저 놈의 모가지를 쳐라" 하고 명령만 내리는 여왕, 우왕좌왕 시중을 드는 부하들, 엉망진창인 크로케 경기 룰, 동물들의 논리가 없는 난상토론, 모든 일에서 교훈을 찾는 공작 부인 등! 과연 우리에게 낯선 이야기인가? 뉴스를 보면 자주 볼 수 있는 광경 아닌가? 국회에서 의원들이 법안을 상정하고 의견이 맞지 않을 때 벌이는 온갖 행태가 떠오르지 않는가? 어린아이가 뉴스 속 상황을 보면, 앨리스처럼 '이상한 나라'에 와 있다는 생각이 들지 않겠는가? (물론 뉴스에는 위트와 시적 언어가 없다.) 앨리스가 떨어진 곳은 이상한 '어른들의' 나라로 보이기도 한다.

앨리스는 무슨 영문인지 도무지 알 수 없었다. 모자 장수가 하는 말은 아무 뜻도 없는 것 같이 느껴졌지만, 분명 다른 나라 말은 아니었다. (107쪽)

이 이상한 세계에 섞이지 못한 '낯선 존재'인 앨리스는 수시로 키가 커졌다 줄어들기를 반복하며 성장한다. 성장이란 모험이고 두려움이고 변화다. 읽을 때마다 나를 설레게 하는 문구가 있는데 이 책에서 내가 가장 좋아하는 문장이다.

> 나를 마셔요.

이 짧은 문장에 매혹되고 싶어 이 책을 자주 읽는다. 이걸 마셔야 모험을 지속할 수 있다. 앨리스는 매번 시도하고 매번 달라진다. 그다음 이렇게 말한다.

> 어? 기분이 참 이상하네! 내 몸이 망원경처럼 줄어드나 봐! 양초처럼 점점 작아져서 사그라들지도 몰라. 그럼 난 어떻게 되는 거지?(19쪽)

> 교훈 같은 건 없을지도 몰라요.(139쪽)

하루 동안의 모험으로 앨리스는 자신이 어제와는 다른 사람이 된 것을 깨닫는다. 이 책은 판타지와 모험물의 고전이다. 모험의 주인공이 여자아이인 것도, 이야기에 교훈을 담지 않고 재미있는 사건 전개로 일관한 것도 새삼 흥미롭다. 어른들이 읽으면 블랙 유머와 말놀이에 웃게 되고 아이들이 읽으면 환상적인 이야기에 푹 빠져 읽을 수 있을 것이다.

23

수상록

미셸 드 몽테뉴, 문예출판사, 2007

구두쇠가 보배를 즐기듯,
읽어보기

◆

'고전'을 읽는 묘미는 그 안에서 훌륭함을 찾아내는 데 있는 게 아니라, 옛사람의 생각을 엿보고 시차를 뛰어 넘어 공감하는 데 있다. 약 500년 전에 태어난 몽테뉴(1533~1592)는 어떤 사람이었을까?

'수상록'이란 '그때그때 떠오르는 느낌이나 생각을 적은 글'을 뜻한다. 몽테뉴는 이 책에 역사, 문화, 윤리, 성性 같은 큰 주제부터 영광과 명성, 자만심, 욕망, 독서, 대화, 결혼과 사랑, 질병, 죽음, 취미, 여행, 세간살이까지 삶을 이루는 거의 모든 요소를 톺아보며 생각을 담아냈다. 순서에 상관없이 끌리는 주제를 골라 하루에 한 챕터씩 읽기에 좋다.

"나는 사람의 비위를 맞출 줄도, 즐겁게 해줄 줄도, 아첨할 줄도 모른다. 내게는 진심으로 말하는 재간밖에 없다"고 한 몽테뉴에겐 지식을 뽐내거나 가르치려는 태도가 없다. 그는 16세기 후반 '에세essai'라는 문학 형식을 만들었다. 우리가 쓰고 있는 수필 형식을 최초로 고안해 낸 사람이 바로 몽테뉴다.

그의 재능은 솔직함과 거리낌 없는 태도에 있다. 자신을 높이 두지도 과소평가도 하지 않으며 '척'과 '체' 없이 자기 생각을 말하기. 이게 참 어려운 일이다! 책을 읽다 여러 번 박장대소한 것도 소탈한 그의 성정 때문이다. 책 곳곳에 '명언'이라 할 수 있는 문장을 자주 발견할 수 있는데 그의 말은 박제된 아포리즘이 아니다. 통통 튀는 문장, 여전히 유효하며 살아 있는 문장이다. 그가 고전에서 찾아 인용해놓은 문장을 보는 즐거움 역시 크다.

앉아 있으면 생각들이 잠든다. 다리가 흔들어주지 않으면 정신이 움직이지 않는다. (143쪽)

나는 젊어서는 남에게 자랑하려고 공부했다. 그뒤에는 나를 만족시키기 위해서 했다. 지금은 재미로 공부한다. 무슨 소득을 바라고 하는 것이 아니다. (146쪽)

우리는 결혼하지 않고는 못 견디면서도 그것을 멸시한다. 그래서 우리가 새장에서 보는 일이 일어난다. 밖에 있는 새들은 거기 못 들어가서 애를 태우고, 안에 있는 새들은 똑같은 정도로 밖에 나가려고 애쓴다. (165쪽)

『수상록』은 그가 7년에 거쳐 증간하며 두꺼운 양으로 써낸 책이다. 자신의 책이 부인들의 서가에 장식으로만 꽂혀 있는 것이 속상하다고 한 몽테뉴. 그때나 지금이나 저자가 자기 책이 안 읽히는 것에 마음 상해하는 건 비슷한가보다.

혹시 당신의 서가에도 『수상록』이 장식으로 꽂혀 있다면? 아무 곳이나 펼쳐 읽어보라. 틀림없이 빠져들 것이다. 간혹 읽다가 동조하기 어려운 부분이 나올 수 있는데(있다!) 그가 옛날 사람, 남자, 귀족이었단 사실을 감안해서 읽길 바란다. 어떤 구속이나 의무도 싫어하기에 자신이 살던 시대와 맞지 않다고 생각한 몽테뉴도 그 시대엔 첨단에 서 있었고, 책이 3백 년간 금서로 지정되기도 했다. 다행히 5백 년을 살아남은 이 책을 "구두쇠가 보배를 즐기듯 책을 즐긴다"(142쪽)는 몽테뉴의 말을 따라 즐겨보시라.

24

일방통행로

『일방통행로/사유이미지』, 발터 벤야민, 길, 2007

은둔하는 별

◆

내가 철학에 매력을 느끼는 순간은 철학이 시의 별자리 아래에 서 있을 때다. 반복해 읽어도 도무지 모르겠는 이야기나 논지를 꼬아 쓴 난해한 책 앞에서는 하품이 나온다. 그러나 시적 사유가 번뜩이는 문장, 상상력이 활개치는 책이라면 몇 번이고 읽고 싶다. 발터 벤야민(1892~1940)의 『일방통행로』는 아이디어가 필요할 때 찾아 읽는 책이다. 도로교통법에 관한 책인가 의아하게 생각할 수 있겠지만 읽어보면 탁월한 제목임을 알 수 있을 것이다. 자고로 천재 작가의 사유란 얽매이지 않고 죽죽 앞으로 나아가는 법!

『일방통행로』를 읽을 때면 오토바이를 타고 곳곳을

여행하는 기분이 든다. 좁은 도로나 불안정한 곳—바다 위, 지붕 위, 땅속 깊은 곳—을 아슬아슬하게 달리는 기분이다. '달린다'고 표현한 이유는 벤야민의 모든 문장이 도화선처럼 느껴지기 때문이다. 도화선, 터지기 위해 달리는 불꽃의 도로! 타들어가는 마음, 사건의 '직전', 현장의 맨 앞, 그곳에서 최초로 들리는 목소리 같다. 때문에 모든 언술엔 긴장이 도사린다. 무엇을 이야기할지 어디에서 시작해 어느 곳에서 끝날지 알 수 없다. 각 챕터의 제목은 글의 내용을 전복시키거나 비켜간다. 마치 '우스꽝스럽게 달린 뿔처럼' 제목이 달려 있다. 벤야민은 제목으로 농담을 건네고 싶었던 게 틀림없다.

> 좋은 산문을 쓰는 작업에는 세 단계가 있다. 산문을 작곡하는 음악의 단계, 그것을 짓는 건축적 단계, 마지막으로 그것을 엮는 직조織造의 단계가 그것이다.(93쪽)

두 문장으로 이루어진 이 글의 제목은 「계단 주의!」

다. 산문을 쓰기 위한 세 단계를 논하면서, '계단 주의!'라니? 그러나 이보다 더 좋은 제목이 있을까?

> 누군가를 아무 희망 없이 사랑하는 사람만이 그 사람을 제대로 안다. (119쪽)

한 줄이 전문인, 이 글의 제목은 「아크 등」이다. '희망 없이 사랑하는 사람'이 빛으로 밝혀져 있는 방. 그는 대상을 '보는(아는)' 유일한 외눈박이가 된다. '작가의 기법에 관한 13개의 명제'와 '속물에 맞서는 13가지 명제'가 쓰인 글의 제목은 「벽보 부착 금지!」다. 혐오감에 대해 이야기하는 어느 글의 제목은 「장갑」이다. 왜냐고? 그의 철학이 시의 별자리 아래에 있기 때문이다. 시의 별자리에서 '왜'라고 묻는 건 금지다. 이해하려 하지 말고 받아들여야 한다.

쓰는 사람에게 필요한 것은 '다르게 보는 눈'이다. 사실, 그게 다다. 벤야민에겐 '다른 눈'이 있었다. 중얼거림과 선언, 비밀과 발설을 넘나드는 발화 방식은 그 눈을 더욱 특별하게 만들어준다. 책을 읽다보면 프랑스 작가 파스칼 키냐르를 비롯해 많은 작가들이 벤야민의 글쓰기 방식에서 영향을 받았으리란 생각이 든다. 그의 글은 자유롭고 함축적이며 비약과 도약에 능하다. 글들은 편편이 반짝이는데 어둠 속에서 은둔하는 별처럼 반짝인다. 대체로 장황하지 않고 짧다(반짝임은 원래 길 수가 없다). 빛나는가 싶다가도 훌쩍, 다른 곳으로 넘어가버린다.

엘피판으로 음악을 들으면 음악에 그 시대의 정서와 문화가 실려 '같이' 도착하는데 그의 글에도 그런 맛이 있다. 암울한 시대상, 내면의 두려움(꿈에 대한 글이 많다), 시적 몽상, 이야기를 꺼낼 때의 열기, 천재성, 향수(어린 시절), 멜랑콜리를 느낄 수 있다. 그는 종종 의기소침해지거나 극도로 내밀해지는데 그럴 땐 시인의 얼굴이 보인다. "작업하는 도중에 일출을 보는 사람에게는 정오가 되면 마치 왕관을 스스로 자기 머리 위에 쓰는 기분이 든다"(117쪽)고 할 때, "우표는 거대한 국가들이 아이의 방에 제출하는 명함"(146쪽)이라고 할 때, 그의 섬세한 시선에서 슬픔의 심지를 발견할 때. 그럴 때 그의 글은 그냥 좋은 게 아니라 못 견디게 좋다.

25

여름의 책

토베 얀손, 민음사, 2019

슬픔도 기쁨도,
풀잎처럼 껴 있다

◆

어떤 책은 읽는 내내 조바심이 난다. 이야기가 끝나지 않기를 바라기 때문이다. 삶과 밀접하게 닿아 있는 이야기, 찰나를 확대해 보여주는 이야기가 그렇다. 사진처럼 멈춰 있거나 자연스러운 리듬으로 흘러가는 이야기. 토베 얀손(1914~2001)의 『여름의 책』은 책장을 넘길 때마다 좋아서, 한숨이 나오는 책이다.

소피아와 할머니는 여름 내내 섬에서 지낸다. 같이 걷고 이야기하고 싸우고 화해하며 일상을 나눈다. 동물의 뼈를 주워 관찰하거나 수영을 하고 태풍을 경험한다. 둘은 서로를 옭아매는 법이 없다. 언제나 평등한 위치에서 대화한다. 사실 이들의 담백한 대화는 책의 백미인데 웃다가 뒤가 서늘해지기도 한다.

"할머니는 언제 죽어?"

"얼마 안 남았지. 하지만 너하고는 아무 상관 없는 일이야."(13쪽)

둘은 서로의 세상을 침범하지 않는다. 함께 지내지만 혼자의 시간을 오롯이 즐기는 법을 안다. 할머니는 소피아를 가르치려들지 않는다. 대화를 통해 아이가 생각해보도록 이끈다. 대부분의 양육자가 그러하듯 명령과 세뇌로 아이를 자기 세계로 데려가지 않는다. 아이의 세계를 인정하고 지켜준다. '천국의 풍경'에 관한 논쟁이 벌어지던 날 둘의 대화를 보자.

"얘야, 나는 아무리 해도 이 나이에 악마를 믿지는 못하겠구나. 너는 네가 믿고 싶은 걸 믿어. 하지만 관용을 배우렴."

"그게 뭔데."

"다른 사람의 의견을 존중하는 거지."

"존중하는 건 또 뭐고!"

"다른 사람이 믿고 싶은 걸 믿게 두는 거지!"(41~42쪽)

어느 저녁, 별안간 온갖 벌레를 무서워하게 된 소피아는 '조각난 지렁이에 관한 논문'을 쓰고 싶다고 선언한다. 하지만 맞춤법에 서툰 소피아가 자신없어하자 할머니는 "불러보렴" 하고 소피아를 독려한다. 소피아는 말하고 할머니는 받아 적으며 세상에서 가장 사랑스러운 논문이 탄생한다. 이렇게 시작하는 글이다. "낚시할 때 지렁이를 사용하는 사람들이 있다. (…) 그 사람들의 이름을 쓰진 않겠다. 하지만 아빠는 아니다."(144쪽)

할머니의 노화와 엄마의 부재가 소피아를 그늘지게 만들지 않는다. 조부모와 자란 아이들은 죽음이 삶의 일부라는 것을 무의식적으로 안다. 불안이 행복의 이면에 있음을 안다. 핀란드를 대표하는 국민 작가, 토베 얀손은 그 유명한 '무민 시리즈'를 만든 작가다. 주로 아이들을 위한 이야기를 쓰고 그렸다. 아이들을 위한, 혹은 아이들에 대한 이야기를 잘 쓰는 일은 어렵다. 아이는 어른의 근원이다. 심오하고 깊다. 피상적으로 다가가면 실패하기 쉽다. 아이들은 슬픔을 가장하지 않는다. 슬픔이 언제든 피부에 닿을 수 있는 것이라는 것을 안다. 대신 '순진함'이 아이를 지킨다. 순진한 아이는 슬픔에 잠겨 있다가도 해가 나면 뽀송해진다. 순진함이, 그리고 좋은 어른 한 명이(단 한 명이면 충분하다) 아이를 지킨다.

『여름의 책』은 시작부터 끝까지 환하다. 슬픔은 있어도 청승은 없다. 아무것도 숨기지 않지만 무엇도 함부로 드러내지 않는다. 슬픔도 기쁨도 이야기 사이에 풀잎처럼 껴 있다. 그것을 발견하는 일은 오롯이 독자의 몫이다. 읽는 동안 자주 웃고 울었다. 할머니와 보내던 어린 시절이 떠올랐다. 나 역시 소피아처럼 할머니의 잃어버린 틀니를 소파 아래에서 찾아준 적이 있다. 할머니와 다투고 화해하고 끌어안으며 한 시절을 보냈다. 언젠가 나는 이런 문장을 쓴 적이 있다.

"할머니는 엄마는 아니지만 엄마보다 진했고 나긋나긋했으며, 낙관적이었다. 엄마들에게는 없는 삶을 관조하는 관록이 있었고, 엄마들에게는 있는 긴장과 호들갑이 할머니에겐 없었다."

할머니는 '나'를 창밖에서 낳은 엄마다. 건너다보는 엄마. 책의 마지막 장을 덮으면 아득해진다. 할머니는 늙고, 소피아는 자랄 것이다. 세상 곳곳에서.

26

빌뱅이 언덕

권정생, 창비, 2012

외롭고,
닮아 있고,
뭉툭한

◆

나는 간곡함으로 호소해 스스로를 돌아보게 하고 더 나은 행동을 하게 만드는(선동하는) 작가에게 약하다. 취향이다. 그런 글을 보면 몸이 뜨거워진다. 영혼이 꾀죄죄해졌다고 느낄 때, 정신의 혈관이 꽉 막힌 것처럼 갑갑할 때, 내가 찾는 작가는 둘이 있다. 외국 작가로는 존 버거, 한국 작가로는 권정생이다.

권정생(1937~2007). 아마도 동화 『강아지똥』의 삽화 이미지 때문이겠지만 그를 떠올리면 흙색의 순한 얼굴을 한 작은 '생강인형'을 상상하게 된다. 상상 속 생강인형은 순하고, 착하고, 빛나고, 외롭고, 닳아 있고, 뭉툭하니 못나고, 여린 가운데 쌩쌩한 힘을 가진 존재다. 생강인형의 얼굴은 영락없이 권정생의 얼굴이다. 나는 그의 얼굴이 좋아, 일부러 인터넷으로 검색해 한참을 들여다본다. 흰 셔츠, 모자, 고무신, 그의 작은 집 따위를 나무 바라보듯 보고 있으면 마음이 순해진다.

20대 때 권정생의 산문이 수록된 『빌뱅이 언덕』과 동시 몇 편을 품고 살았다. 뭐가 좋았냐고 묻는다면 글쎄…… 이런 사람이 존재한다는 게 믿기지 않아서 좋았다. 그의 언어는 쉽고 단순한데 생각은 곡괭이처럼 힘이 세다. 유연한 정신에 길을 내기 딱 알맞다(딱딱한 정신은 어려울 수 있다). 정성으로 생각을 밀고 나가는 것, 그게 권정생의 스타일이다. 읽는 이의 마음을 넘어뜨리고 앉지도 서지도 못하는 상태에서 생각의 자장에 휘말리게 한다.

> 나의 동화는 슬프다. 그러나 절대 절망적인 것은 없다.
>
> 어른들에게도 읽히는 것은 아마 한국인이면 누구나 체

험한 고난을 주제로 썼기 때문일 것이다.(17쪽)

『강아지똥』이나 『몽실 언니』 같은 동화는 물론, 그가 쓰는 산문과 동시 어디에도 영웅서사나 찬란한 이야기는 없다. 가난과 고난을 겪는 인물의 이야기를 그리고 있다. 이야기는 슬프지만 어둠의 끝까지 가진 않는다. 슬픔 너머에서 피어나는 희망을 주목한다.

권정생의 글에는 가짜나 모조품이 없다. 으스댐이나 설익음이 없다. 이럴 수 있을까 싶을 정도로 그의 성정은 청렴하고 그윽하다. 끊임없이 타자를 생각하는 일, 어떤 글에서도 '나'를 내세우지 않지만 '나'로부터 시작하는 글을 쓰는 일. 이런 특질은 훌륭한 작가라고 해서 다 가질 수 있는 게 아니다. '훌륭함'에 '간곡한 마음'이 필수적인 것은 아니기 때문이다.

요즘 잣대에서 그의 스타일은 세련되지 못하다고 핀

잔을 들을지도 모른다. 그러나 세상을 향한 그의 걱정, 전쟁과 부의 불평등을 걱정하는 대목을 보면 지금이야말로 그의 글을 통해 우리를 돌아볼 때라는 생각이 든다.

> 평화란 적당히 고루고루 살아가는 모습을 일컫는 말이다.
>
> 인간은 불행한 동물이다. 아직 네 발로 기어다니는 짐승들은 사재기 같은 것을 할 줄 모른다. 태어날 때의 모습 이상으로 꾸미는 것도 없다.
>
> 그런데 인간은 먹고사는 것 외에 더 많이 가지려고 욕심을 부린다. 본래의 모습에 만족하지 않고 꾸미고 속이고 허세를 부린다. (218~219쪽)

"적당히 고루고루" 살아가는 일, 이게 참 어렵다. 권정생은 평생 가난하게 살았다. 마을 사람들은 그가 죽은 뒤 어린이들을 위해 남긴 돈(평생 모은 인세)이 10억이 넘었다고 해서 놀랐다고 한다. 진짜 가난한 게 뭘까? 그는 부를 축적하는 게 아니라 뒤뜰에 햇빛과 먼지를 모으는 사람처럼 돈을 모았을 것이다. 어려운 사람들을 생각했을 것이다. 그는 가난한 부자, 부자인 가난뱅이였다.

가난한 교회 종지기로 살던 젊은 날 그의 모습을 그려본다. 방안으로 들어온 쥐들이 추울까봐 내쫓지 못하고 같이 잠들었다는 마음을 생각한다. 세월이 흘러도 때 타지 않는 게 있다면 이런 마음이 아닐까.

27

시는 내가 홀로 있는 방식

페르난두 페소아, 민음사, 2018

생각 없이, 도착하는 글

◆

페소아(1888~1935)를 그린 적이 있다. 심심한 오후였고 딱히 할일이 없었다. 비뚜름히 쓴 모자를 그리고 안경을 그리고 몽환적으로 보이는 눈빛을 그리고 기다란 코, 입술, 감색 양복을 그렸다. 그림 아래에 그가 쓴 문장을 적었다. "언젠가 우리 모두에게 밤이 오고 마차가 도착하리라." 그의 문장은 설명 없이 모든 것을 알게 한다.

문학은 설명이 아니다. 설명하지 않은 글이 있다면 그게 문학과 가장 가까운 글일 테다. 그중 시는 가장 설명을 싫어한다. 싫어하는 정도가 아니라 시는 설명을 증오한다. 시는 '생각으로 쌓은 성'을 단 몇 줄만으로 무너뜨릴 수 있다.

생각한다는 건

바람이 세지고, 비가 더 내릴 것 같을 때

비 맞고 다니는 일처럼 번거로운 것.

내게는 야망도 욕망도 없다.

시인이 되는 건 나의 야망이 아니다.

그건 내가 홀로 있는 방식.

—「양 떼를 지키는 사람」 중에서

시인은 직업이 될 수 없고 야망이나 출세 수단이 될 수 없다. 시인이란 그저 누군가가 "홀로 있는 방식"이 될 수 있을 뿐이다. 조금이라도 시를 아는 사람이라면 이 시집을 펴고 몇 장 넘기지 않아 놀랄 것이다. 스무 페이지를 지나지 않아 반쯤 넋이 나가 있는 자신을 볼지도 모른다(내가 그랬다). 페소아가 말하듯 예언할 때, 예언하듯 속삭일 때, 속삭이듯 선언할 때, 선언하듯 노래할 때 읽는 이는 매료될 것이다.

흔히 시인을 견자見者라 한다. 보는 사람. 정확히는 다르게 보는 사람. 눈으로 세상을 압인하여 언어로 재창조하는 사람. 페소아는 자신이 본 것을 바탕으로 세상을 믿는다고 쓴다. 세상이 생각하라고 만들어진 게 아니듯 시 또한 이해를 위한 장르가 아니다. 보고 받아들이면 충분한 예술이다. 우리가 나무나 구름, 장미를 받아들이고 좋아하듯이.

"내겐 철학이 없다, 감각만 있을 뿐"이라고 쓴 페소아에게 철학이 없는 건 아닐 테다. 시의 세계에선 '의미, 생각, 이해, 논리' 따위보다 감각과 직관의 힘이 더 세다는 이야기다. 시인은 감각과 직관으로 세상을 꿰뚫어보는 자들이므로. "그걸 사랑해서, 그래서 사랑하는 것", 이상하지만 너무 알 것 같은 이 논리! 이 시집에서 내가 가장 사랑하는 구절은 다음과 같다.

사랑한다는 것은 순진함이요,

모든 순진함은 생각하지 않는 것……

—「양 떼를 지키는 사람」 중에서

사랑이 불가능하다고 생각하는 사람은 순진하지 않은 사람이다. 생각을 멈추지 않는 사람, 이해를, 앎을, 계산을 멈추지 않는 사람이다. 화가 세잔 역시 "생각이 모든 것을 망친다"고 하지 않았던가. 어쩌면 시의 세계에서 생각은 바보들의 무기일지 모른다. 페소아의 시에는 시의 원형, 언어가 움트기 전의 에너지, 생각이 탄생하기 전 감각의 형상을 볼 수 있다.

페소아는 사후 방대한 양의 미완성 글을 남겼다. 여섯 살 때부터 이명異名을 써온 그는 평생 일흔 개가 넘는 '다른 이름'을 사용해 글을 썼다. 각각의 이름은 취향과 성격도 제각각이었기에 페소아 연구자들은 지금도 연구에 매달리고 있다고 한다. 페소아에게 이토록 많은, 서로 다른 캐릭터가 필요했던 까닭은 무엇이었을까? 자신을 드러내면서 도망가기, 달아나면서 보여주기, 다른 방식으로 말하기 위해서였을까? 페소아는 이름과 이름 사이를 옮겨다니며 보는 '눈目'을 바꿔 사용하고 싶었는지도 모른다. "그럴 가치가 있었냐고? 모든 것은 가치가 있다/영혼이 작아지지만 않는다면."(「포르투갈의 바다」)

28

존재의 세 가지 거짓말

아고타 크리스토프, 까치, 2014

참혹하게
슬픈 이야기

◆

이 소설은 재미있다. 첫 페이지를 읽는 순간부터 눈을 뗄 수가 없다. 다 읽을 때까지 무얼 하든 이야기가 몸에 붙어 따라오는 느낌을 갖게 한다. 아고타 크리스토프(1935~2011)의 『존재의 세 가지 거짓말』 얘기다. 소설이 '재미'라는 요소를 획득하려면 주인공이 매력적이거나 시종일관 흥미로운 사건이 일어나거나 작가의 문체가 작품의 완벽한 옷이 되어 읽는 이를 끌어당겨야 한다. 이 소설은 세 가지를 다 충족한다.

우리는 대도시에서 왔다. 밤새 여행한 것이다. 엄마는 눈이 빨개졌다. 엄마는 커다란 골판지 상자를 들었고, 우리는 각자 작은 옷가방을 하나씩 들었다. 아버지의 대사전

은 너무 무거워서 우리 둘이 번갈아가며 들었다.(9쪽)

소설은 이렇게 시작한다. 흥미로운 것은 화자가 한 목소리를 내는 둘이란 점이다. 화자인 '우리'는 루카스와 클라우스, 어린 쌍둥이 형제다. 전쟁이 터져 국경 근처의 시골 할머니 집에 맡겨진 이들은 매일 훈련을 한다. 욕을 먹어도 무감각해지기, 얻어맞아도 무감각해지기, 어떤 환경에서도 살아남기…… 그들은 연습을 통해 강한 존재가 되어간다.

1부 '비밀 노트'는 쌍둥이가 보고 듣고 경험한 것을 기록하는 이야기다. 그들에게 기록, 즉 글쓰기는 중요한 임무이자 일과다. "우리가 '잘했음'이나 '잘못했음'을 결정하는 데에는 아주 간단한 기준이 있다. 그 작문이 진실이어야 한다는 것이다. 우리는 있는 그대로의 것들, 우리가 본 것들, 우리가 들은 것들, 우리가 한 일들만을 적어야 한다."(35쪽)

쌍둥이는 감정을 나타내는 말을 믿지 않는다. 감정을 나타내는 말의 모호성 때문이다. 가능한 사실에 충실한 그대로 사용해 비밀 노트를 작성한다. 전쟁중에 인간이 겪을 수 있는 다양한 일들을 판단하지 않고 쓴다. 생각하지 않고 쓴다. 무자비할 정도로 '있는 그대로의 상황 묘사' 앞에서 판단은 독자의 몫이다. 슬픔도 독자의 몫이다. 쌍둥이는 괴로움, 절규, 황망함을 취하지 않고 우리에게 넘겨준다. 죽은 사람, 죽어가는 사람, 인색한 사람, 타락과 슬픔 사이에서 괴로워하는 신부, 구순구개열로 핍박받는 처녀, 헤어진 가족, 삶의 기형적인 모습, 그 속에서 방치된 채 스스로 살아남아야 하는 아이들의 처절한 성장을 기록한다.

아고타 크리스토프는 1986년 1부 '비밀 노트'를 발표하고, 5년여에 걸쳐 차례로 '타인의 증거'와 '50년간의 고독'을 발표해 3부작을 완성한다. 세 이야기는 이어져 있지만 각각 독립된 이야기로 읽어도 무방하다. 뒤로 갈수록 이야기의 진실은 모호해지고 무엇이 진실이고 거짓인지 확신할 수 없다.

> 이 소설은 자전적 요소가 많이 들어 있다. 나는 나의 어린 시절을 이야기하고 싶어서 이 글을 쓰기 시작했다. (…) 이 소설에서 기술하고자 했던 것은 이별—조국과, 모국어와, 자신의 어린 시절과의 이별—의 아픔이다. 나는 가끔 헝가리에 가지만, 어린 시절의 낯익은 포근함을 찾아볼 수가 없다. 어린 시절의 고향은 세상 어느 곳에도 없다는 느낌이 든다. (작품 해설에서 작가의 말 재인용)

짧고 건조한 문체 때문에 작가가 심어놓은 블랙 유머, 압축해놓은 듯한 슬픔이 더 돋보인다. 그녀는 일찍이 헝가리어(모국어)로 시를 썼고, 스위스 망명 후엔 프랑스어로 글을 썼다. 시 쓰기로 단련했을 문장, 외국어로 쓰는 일의 낯선 감각 때문일까? 그의 문체는 독특하다. 20년 전 처음 이 소설을 읽었을 땐 내용과 형식면에서 충격적인 소설이라고 생각했고, 이 글을 쓰기 위해 다시 읽었을 땐 참혹하게 슬픈 이야기라 생각했다. 읽다가 여러 번 울었다. 충격과 슬픔 사이, 20년이 흘렀다. 소설이 변할 리는 없으니 아마도 내가 변했으리라.

29

로미오와 줄리엣

윌리엄 셰익스피어, 민음사, 2008

무대에서 대사는
조명보다 빛나야 한다

◆

'달콤한 말'은 사랑을 사랑으로 자라게 하는 효모다. 달콤한 말은 사랑을 발효시키고 부풀리며 맛있게 한다. 사랑에 빠진 자는 종종 멀쩡한 사람이 듣기엔 허황되어 보이는 말, 못 견디게 간지러운 말들을 지껄인다. 내가 방금 '멀쩡한 사람'이란 말을 썼는데 잘못 쓴 말이 아니다. 사랑에 빠진 자는 종종 멀쩡하지 않기 때문이다. 발이 땅에서 떠 있는 듯 불안정해 보이고, 이따금 넋 나간 듯 먼 곳을 본다. 여기 있지만 여기 없는 듯 굴고 이유 없이 웃거나 운다. 비약과 상상으로 이성을 도피시키고 감정의 극지에만 골라 서 있다. 사랑에 빠지지 않은 자가 보기엔 혀를 찰 만한 모습이다. 『로미오와 줄리엣』은 위독한 사랑에 빠진 연인의 모습을 잘 보여주는 작품이다.

저 유명한 창문 세레나데 장면을 보자. 달빛이 비추는 창 아래 한 남자가 서 있다. 사랑에 빠진 로미오다. 이제 막 창문으로 등장하는 여자를 올려다보고 있다. 곧 세레나데를 시작하겠지만, 그전에 로미오는 첫 대사를 던진다. "다쳐본 적 없는 자가 흉터를 비웃는 법."(51쪽) 이 의미심장한 독백 이후 로미오는 줄리엣을 향한 '찬시'를 읊조린다. 사랑이란 수렁에 빠진 자의 독백!

> 그녀 눈과 별들의 자리가 바뀌면 어찌 될까? 그녀 뺨은 너무 밝아 햇빛 아래 등불처럼 별들은 창피해하리라. 하늘로 간 그녀 눈은 창공을 가로질러 너무 밝게 빛나므로 새들은 노래하며 대낮이라 여길 거야. 저것 봐, 손으로 자기 뺨을 받쳤어! 오, 내가 저 손에 낀 장갑 되어 그녀 뺨을 만져나 보았으면!(52쪽)

간지러운 사람은 몸을 좀 긁어도 좋겠다. 그러나 아랑

곳없이, 지나치게 진지한 두 사람이 있었으니 로미오와 줄리엣이다. 대대로 원수인 집안의 아들과 딸, 이루어질 수 없기에 더 끓어오르는 사랑이 있다. 사랑은 장애를 만났을 때 진정으로 치열해진다. 창문에 기댄 줄리엣은 우리가 익히 아는 유명한 대사를 던진다.

"오, 로미오. 로미오, 왜 그대는 로미오인가요?"(53쪽) 줄리엣에게 로미오는 이름만이 적일 뿐 완벽한 연인이다. 줄리엣의 혼잣말을 들은 로미오는 이렇게 말한다. "성자시여, 제 이름을 제가 미워합니다."(54쪽) 달콤한 말들의 오고감, 말들의 왈츠, 치고 빠짐, 나타나고 사라짐! 그로 인해 발생하는 긴장! 연인이 나누는 대화의 완벽한 앙상블! 이 묘미를 즐기기 위해서라도 『로미오와 줄리엣』을 읽어야 한다.

지독한 반대를 겪는 연인들의 이야기, 그 모태는 모두 『로미오와 줄리엣』이다. 고전은 시간과 역사, 창작자의 다양한 시도와 새로운 해석을 감당한다. 원작을 토대로 수많은 영화, 드라마, 뮤지컬, 발레, 오페라, 소설 등이 변주되어 나왔지만 정작 원작 희곡을 끝까지 읽은 사람은 드물지도 모른다. 많은 사람들이 진짜 '로미오와 줄리엣' 대신 유사 '로미오와 줄리엣'만 감상하는 건 안타까운 일이다. 함축적이며 시에 가까운 대사, 인물들의 재치 넘치는 언어유희를 직접 맛봐야 한다. 셰익스피어는 2만 개가 넘는 단어를 사용했는데 그중 1,600개가 넘는 단어를 새로 만들어냈다고 한다. 셰익스피어가 대사를 얼마나 통통 튀게 쓰는지, 쓸데없는 대사는 단 한 줄도 없는지 봐야 한다. 모든 대사는 무대에서 필연적으로 존재해야 하는 것, 개성 있게 빛나야 한다는 걸 셰익스피어는 잘 알고 있었으리라. 특히 드라마나 시나리오를 쓰고 싶어하는 사람이라면 셰익스피어 희곡을 정독하길 권한다.

무대에서 대사는 조명보다 더 빛나야 한다는 것, 스토

리를 누추하지 않게 만드는 빛나는 옷이 되어야 한다는 걸 셰익스피어에게 배울 수 있을 것이다.

30

월든

헨리 데이비드 소로, 현대문학, 2011

생각하거나 일하는 사람은
언제나 혼자다

◆

도시에서 무언가를 '진짜' 발견하기는 쉽지 않다. 매일 할 일이 있고, 느릿느릿 사유할 시간이 없기에 자기 철학을 갖고 사는 일도 어렵다. 남의 지시와 요구에 응하고 행동해야 하므로 충만함을 느끼기도 어렵다. 나무바라기가 되거나 새소리에 귀기울이는 일도 마땅치 않다. 차 소리에서 놓여나 완전한 자연에 둘러싸여 지내본 적이 단 하루도 없는 사람이 있다면? 나는 그를 '불행한 사람'이라고 바꿔 말하겠다.

헨리 데이비드 소로(1817~1862)는 약 2년 동안 월든 호숫가 근처에 혼자 살며 사유한 기록을 모아 『월든』을 냈다. 1854년의 일이다. 그는 고독을 벗 삼아 자연에서 사는 일의 행복, 자기 내면을 기준으로 충실히 사는 방식을 탐구했다. 그에 따르면 행복은 무얼 갖거나 하기보다 갖지 않기와 하지 않을 자유에 가깝다. 다른 사람의 시선에서 벗어나 스스로가 원하는 삶을 살 때 단순하고 가벼운 태도를 가질 때 오는 충일한 감정이 행복이란 얘기다. 이는 '혼자, 자연에서, 충분한 시간을 가질 때' 누릴 수 있는데, 요즘 세상에 셋 중 어느 하나라도 충분히 누릴 수 있는 자가 있을지 모르겠다.

밤의 검은 핵核은 어떤 이웃 인간에 의해서도 더럽혀지지 않았다. (183쪽)

고독은 그가 입은 옷이다. 더럽혀질 일도, 빼앗길 일도 없다. 그는 혼자이지만 외롭지 않고 가진 게 없지만 그득해 보인다. 불행은 혼자라서 겪는 일이 아니다. 세상에 부대껴 '나'라는 존재가 깎여나갈 때 불행은 온다. 행복처럼, 불행도 상대적인 감정이다. 내 앞에 있는, 혹은 없는 당신 때문에 고통과 번민이 생긴다. 혼자 무언가에 깊이 몰두해 있는 자는 부족함을 느끼지 않는다.

> 나는 아직까지 고독만큼이나 편안한 친구를 만난 적이 없다. 대부분의 경우, 우리는 방에서 혼자 지낼 때보다 밖에 나가 사람들 사이에 있을 때 더 외롭다. 생각하거나 일하는 사람은 언제나 혼자다. (189쪽)

『월든』은 19세기에 쓰여 21세기에 이르는 지금까지 많은 사람에게 사랑받아온 책이다. 이유가 뭘까? 소로와 같은 생활을 하겠다고 나서는 일은 쉽지 않다. 우리에겐 도시에서 할일이 있고(있다고 믿고), 자연을 좋아하지만 그것만으론 부족하다 느끼며, 혼자 있고 싶다지만 정말로 혼자가 되는 일은 두려워한다. 소로처럼 살아보고 싶지만 살 수 없을 때 사람들은 이 책을 통해 대리 만족을 하는지도 모르겠다.

뉴스는 빠르고 구체적으로 세상 모든 일을 말해주려 한다. 눈앞에 보이지 않는 사람들의 일상도 스마트폰을 통해 낱낱이 올려지는 세상이다. 우리에게 진짜 필요한 게 뭘까? 혼자 고독할 권리, (필요 없는 건) 알지 않을 권리, 감정을 해소하지 않고 혼자 그득해질 권리가 아닐까? 그것들을 되찾아야 하지 않을까? 이 책에 정답이 있다고 말할 순 없으나 한 번 읽는 것만으로도 다친 정신을 치유할 수 있다고 확신할 수 있다. 당신이 직접 책을 통해 찾아야 한다. 말랑한 책은 아니기에 반짝이는 눈과 능동적인 마음을 준비해야 한다. 소로가 말한 "고결한 지적 운동으로서의 독서"를 즐길 수 있을 것이다.

31

젊은 베르테르의 슬픔

요한 볼프강 폰 괴테, 문학동네, 2010

젊음과 슬픔
사이에 낀 존재

◆

사랑에 빠진 자의 불안정하고 어리석은 상태를 보는 일은 흥미롭다. 게다가 짝사랑이라면? 안타까움이 더해져 감정이입을 하게 된다. 여기 '로테'에게 마음을 빼앗긴 '베르테르'가 있다. 약혼자가 있는 로테에게 반해 막 사랑을 시작한 베르테르는 호기롭다. 비록 반쪽짜리 사랑이라 하더라도 사랑의 시작점에서 샘솟는 황홀과 기대까지 막을 순 없다.

> 나는 신께서 성인聖人들에게 마련해준 것 같은 행복한 세월을 보내고 있네. 앞으로 내게 어떤 일이 일어날지 알 수 없지만, 지금까지 살아오면서 삶의 기쁨을, 가장 순수한 기쁨을 맛보지 않았다고는 말할 수 없네. (42쪽)

"앞으로 어떤 일이 일어날지" 알 수 없다고 고백하는 젊고 슬픈 베르테르여! 우리는 책을 읽기 전부터 그가 젊음과 슬픔 사이에 낀 존재라는 사실을 알고 있다. 젊음과 슬픔 사이에 낀 베르테르는 '사랑'과 동의어다. 제목을 '젊은 사랑의 슬픔'이라 바꿔 읽는다 해도 무리가 없을 게다. 노년의 사랑과 좀 다르냐고? 물론이다. 젊어 겪는 사랑은 열병이고 정신착란이다. 롤랑 바르트 역시 베르테르를 호명하며 『사랑의 단상』(동문선)에서 이렇게 쓰지 않았던가. "사랑의 정념은 정신 착란이다."(165쪽) 사랑에 빠진 자는 괴로움으로부터 달아나려 시도하지만 그 시도는 늘 실패한다. 사랑의 "상상계는 불이 잘 안 꺼진 이탄마냥 밑에서 타오르고 다시 불붙는다."(앞의 책, 168쪽) 사랑의 열정이 비등점에 도달하면 불치병으로 악화된다. 늙은 사람은 치명상을 입을지도 모르는 사랑 앞에서 무모하게 몸을 던지지 않는다. 사랑 앞에서도 잃을 것을 따지고 휘청이지 않게 스스로를 돌볼 여유가 있다. 누군가는 베르테르에게 진정하라고, 이성적으로 판단하라고 조언할 수도 있을 것이다. 그에 대해 베르테르는 이렇게 되묻는다.

> 자네는 병세가 점점 깊어져서 생명이 위태로운 사람을 보고 단도로 찔러서라도 그 고통을 단숨에 없애버리라고 감히 권할 수 있는가? 환자의 기력을 소진시키는 질병은 그 병에서 벗어나고자 하는 환자의 용기마저 빼앗아가는 것은 아닐는지?(66쪽)

사랑은 질병이다. 멈출 수도 치유할 수도 없는 젊은이의 병, 슬픔의 병, 사랑의 병. 베르테르는 착각과 오해라는 시소를 타며 잠시 행복에 빠지지만 로테의 차갑고 이성적인 말 한마디에 시소에서 추락한다. 자신과는 달리 이성의 견고함을 보이는 알베르트(약혼자) 앞에서 열등감에 빠지기도 한다. 사랑은 살게 하는 동시에 죽어 편해지라고 유혹하며 행복이자 불행의 원천이 된다. "모순

된 온갖 기운이 얽혀 있는 미로를 빠져나오지 못하는 사람들은 결국 죽음의 길을 택할 수밖에"(76쪽) 없다고 믿으며, 그는 죽음 쪽으로 다가간다.

『젊은 베르테르의 슬픔』은 1771년 5월부터 1772년 12월까지 약 1년 반 동안 베르테르가 친구 빌헬름에게 제 심경을 쓴 편지 형식의 소설이다. 소설을 쓸 당시 괴테(1749~1832)의 나이는 스물다섯으로, 실제 친구의 연인을 짝사랑한 경험이 작품에 반영되었다고 알려져 있다. 편지에 담긴 베르테르의 격정과 고뇌, 괴로움에는 어느 정도 괴테의 심정이 담겨 있다고도 볼 수 있겠다.

인간이 사랑보다 절실하게 느끼는 것은 없을 걸세.(77쪽)

오늘날 이렇게 단언하고 죽어버린 자가 있다면 우리는 그를 '스토커'라는 프레임 안에 두고 조금 불편하게 생각할지도 모른다(사실 좀 무섭기도 하다!). 일방적인 사랑이며 죽음을 부르짖으며 외치는 사랑에는 언제나 피와 광기가 배어 있으니까. 그럼에도 이 소설이 의미 있는 건 이토록 낭만적인 사랑은 희귀하여 이제 박물관이나 책 속에 박제된 모습으로만 볼 수 있어서다. 무엇보다 베르테르는 괴테만의 베르테르가 아닌, 우리 모두의 베르테르(사랑의 미치광이!)로 유명해졌지 않은가.

32

모자

토마스 베른하르트, 문학과지성사, 2020

슬픈데
충분한 기분

◆

헤매고 싶어서 읽는 책이 있다. 명료한 답을 구하기 위함이 아니라 혼란 속에서 거닐고 싶어서 읽는 책. 토마스 베른하르트(1931~1989)의 소설집 『모자』가 그렇다. 이 책은 작고 가볍다. 10편의 짧은 단편이 수록되어 있다. 무지막지한 '진실'이 담겨 있고, 그 때문에 불편하다. 아름답거나 따뜻한 이야기? 그런 건 없다. 소설을 구성하는 서사나 사건의 인과도 희미하다. 오로지 인물이 고통과 파국으로 치닫는 현재, 죽음의 징후가 있을 뿐이다. 비평가 페터 함의 말대로 "토마스 베른하르트의 세계는 한번 접하고 나면 도저히 피할 수 없다."(옮긴이의 말 재인용) 일단 시작하면 멈추는 게 어려울 정도로 빨려든다.

나는 유년을 아름다운 시절이라 말하는 이야기에 동의하지 않는다. 과격한 말일 수 있지만 아이는 (보호라는 명분 아래 존재하지만) 세상에서 피지배자다. 아이를 지배하(려)는 것이 너무 많다. 어른들, 시스템, 낯선 환경, 오염된 환경, 새로운 자극, 모험, 소문, 경계, 속박, 과보호, 방기, 전쟁, 전쟁보다 더한 위험 요소들, 작금의 마스크—아이들의 얼굴에 '씌워지는'—까지, 아이를 둘러싸고 있는 폭력적인 (지배) 요소가 많다. 베른하르트는 어린 시절의 불안과 두려움, 상처의 기억에서 인물들이 겪는 문제의 원인을 찾는다. 의식의 흐름, 착란, 기억과 광기로 이루어지는 인물의 독백은 독창적이고 적나라하다.

그에겐 너무 크고 너무 엄청났던 지하실과 현관과 복도의 둥근 천장, 그에겐 너무 높았던 돌계단, 너무 무거웠던 들어올리는 문들, 너무 큰 저고리와 바지와 셔츠들(거의 아버지가 입던 낡아빠진 저고리와 바지와 셔츠들), 너무도 날카로운 아버지의 휘파람 소리, 어머니의 비명, 누이들의 킥킥거리는 웃음소리, 뛰어다니는 쥐들, 짖어대는 개들, 추위와 굶주림, 지루한 고독, 그에겐 너무 무거웠던 책가방, 빵덩어리들, 옥수수자루들, 밀가루 부대들, 설탕 부대들, 감자 자루들, 삽들, 강철 곡괭이들, 이해할 수 없는 지시, 과제, 위협, 명령, 체벌, 징벌, 구타와 폭행 등이 그의 유년기를 구성했다. (76~77쪽)

인물들에겐 권력자로서의 부모가 있거나 없고, 끔찍한 기억 때문에 돌아갈 수 없는 고향이 있다. 그들은 나약한 존재로 태어나 나약함을 유지한 채 성장한다. 나약함이 그들을 광기에 빠지게 하고 정신착란을 일으키게 한다. 그들은 '나약해서' 범죄자나 살인자가 된다. 착해지고 싶지만, 그럴 능력이 그들에게 없다. 다른 인물들 역시 정신병자, 자살 욕구에 시달리는 자, 낙오자, 그도 아니면 시인이 된다. 시인이나 예술가는 효용 가치가 없기에 가족이나 사회에서 환영받지 못한다.

> 가족들의 기대와는 반대로 순전히 무용지물인 게오르크는 늘 그들을 방해하는 목에 걸린 가시 같았는데, 게다가 시를 쓰기까지 하는 것이었다. 그는 모든 면에서 달랐다.(76쪽)

'가볍고 즐겁고 재밌고 신나는' 콘텐츠가 각광받는 이 시대에 베른하르트의 소설을 읽는 일은 어떤 의미가 있을까? 아마도 소설을 읽는 내내 웃을 일은 없을 것이다. 유익하지도 않을 것이다. 심각하거나 쓸쓸한 표정을 짓게 될 것이다. 어두워질지도 모른다. 그러나 누군가는 안도의 한숨을 내쉴지도 모른다. 쓸쓸하고 끔찍한데 다 읽고 나면 고개를 끄덕이게 될지도 모른다. 슬픈데 충분한 기분을 느끼게 될지도 모른다.

소설가 아고타 크리스토프는 베른하르트의 의지와

무관하게 그가 작가를 꿈꾸는 이들의 마음속에 영원히 모델로 살아남을 것이라고 말했다. 작가의 중요 임무 중 하나가 쓸쓸한 자들의 목소리를 진실되게 담아 보여주는 일이라면 베른하르트는 잔인할 정도로 그 임무를 잘 수행한 사람이다. 그렇다면 슬픈 걸 좋아하는 일, 쓸쓸한 자의 문제적 목소리에 귀기울이는 일이 문학 독자의 임무가 될 수 있지 않을까?

33

슬픈 인간

나쓰메 소세키 외 25인, 봄날의책, 2017

슬픔을
모르는 자는 없다

◆

인간은 슬픔을 손에 쥐고 태어난다. 아기가 태어나 처음 내보이는 감정 표현도 '울음'이다. 기쁨을 모르는 자는 있어도 슬픔을 모르는 자는 없다. 『슬픈 인간』이란 책 제목은 그래서 편안하다. 받아들이기 쉽고 눈길을 머물게 하는 제목이다. 이 책에는 근현대 일본작가 스물여섯 명이 쓴 마흔한 편의 산문이 묶여 있다. 아쿠타가와 류노스케, 다자이 오사무, 나쓰메 소세키처럼 유명 작가들부터 요사노 아키코, 오카모토 가노코 같은 생소한 작가들의 작품까지 두루 실렸다. 근현대 일본 작가들의 수필을 읽을 기회가 드물었기에 20세기 초중반을 살던 그들의 일상이 담긴 산문 모음선을 읽을 수 있다는 점이 매력적이다.

오사카 암시장을 묘사한 오다 사쿠노스케의 글은 유머와 재치가 있다. 능청으로 시작해 먹먹함으로 끝나는 글의 플롯 또한 맵시 있다. 그는 암시장의 어수선한 분위기에 투덜거리다가도 두 마리에 5엔 하는 반딧불 앞에 서서 '잊혀져가는 아름다움'을 생각한다. 두 마리에 5엔 하는 반딧불이라니! 그 옛날 어둑한 구석에 서서 작은 불빛을 사고파는 사람들을 떠올리면 아득해진다.

'가을'이란 소재로 공책에 적어둔 문장을 소개하는 다자이 오사무의 글도 맛있다.

> 가을은 여름이 타고 남은 것 (…) 여름은 상들리에, 가을은 등롱 (…) 코스모스, 무참 (…) 창밖에 검은 흙 사이로 바스락바스락 기어가는 못생긴 가을나비를 본다.(181~183쪽)

못생긴 가을나비라니, 촉각으로 스며드는 가을을 느낄 수 있게 하는 문장 아닌가.

이 책에서 내가 제일 좋아하는 글은 오카모토 가노코의 「복숭아가 있는 풍경」이다. 청소년 시절, 풋사랑에 빠져 마음에 울증이 생긴 그를 보고 어머니는 이렇게 말한다.

> "찹쌀을 구워서 뜨거운 미숫가루에 넣어줄 테니 먹어보렴. 분명 네 맘에 들러붙은 기분이 풀어질 거야."
>
> "말린 서향 꽃을 목욕물 안에 넣어줄게. 좋은 향기가 마음을 편하게 해줄 테니까."(238쪽)

인물의 성정과 품위가 느껴지는 처방 아닌가? 어머니가 지닌 품위에는 소량의 달콤함이 녹아 있어 그 말에 귀를 기울이고 기대고 싶게 만든다. 작가는 어머니가 후각을 중심으로 한 미각과 촉각을 통해 울증의 헐떡임을 다스리게 했다고 한다. 마음의 뒤척임을 몸의 감각으로 다스려 달래보려는 어머니의 생각, 가만한 속삭임에서 격조를 느낀다. 허나 달뜬 화자의 울증은 쉬이 가라앉지 않는다.

"남성용 박쥐우산을 꺼내주세요."

"조리를 꺼내주세요"

"강 건너 복숭아를 보러 갈 거예요."(238쪽)

세 줄에 걸쳐 쓰인 위의 대사는 한 줄 한 줄이 꼭 징검다리 같아서 화자와 함께 강 건너 복숭아나무를 보러 갈 채비를 하게 만들고 달뜨게 한다. 그다음은 어떻게 될까? 책을 읽어보시라. 복숭아 향기 같은 관능이 글의 전반을 휘감고 있지만 넘침도 경박도 없다.

책을 번역한 정수윤은 날마다 도쿄의 국립도서관에 나가 "바다에서 흑진주조개를 캐듯" 근현대 작가의 산문을 읽고 골라냈다고 한다. 그 정성 때문일까? 어느 페이지를 펼쳐도 누추한 글이 없다.

이 책엔 거대한 이야기가 없다. 작고 평범하고 오래된 이야기들뿐이다. 다락방에 앉아 오래된 상자를 열어볼 때 뜻밖에 마주치게 되는 것들. 울고 웃다 이게 소중한 것임을 깨닫게 되는 이야기들을 만날 수 있을 것이다.

34

섬

장 그르니에, 민음사, 2020

숨어 읽고 싶은 책

◆

책장에서 유독 빛나는 책이 있다. 독자적으로 떠 있는 섬처럼 존재감을 뽐내는 책. 장 그르니에(1898~1971)의 『섬』이다. 이 책을 여러 번 읽었지만 책장에 꽂혀 있는 걸 볼 때마다 안도한다. 언제든 그곳으로 건너갈 수 있다는 사실에 기뻐한다. 말하자면 이 책은 책의 물성을 지닌 '장소'다. 들어가 머물 수 있는 곳. 피안의 형태로 숨을 수 있는 곳. 단단하고 고요한 문장들이 사는 곳. 침묵이 나무처럼 자라나는 곳. 펼치고 덮을 수 있는 피난처다. 장 그르니에의 제자인 카뮈는 책의 발문에서 책을 처음 펼쳤던 순간을 회상한다. 거리를 걷고 있던 카뮈는 책의 첫 몇 줄을 읽다 말고는 아무도 없는 곳으로 가 혼자 읽기 위해 집으로 전속력으로 달려간다.

길거리에서 이 조그만 책을 펼쳐본 후 겨우 그 처음 몇 줄을 읽다 말고는 다시 접어 가슴에 꼭 껴안은 채 마침내 아무도 없는 곳에 가서 정신없이 읽기 위해 내 방까지 한걸음에 달려갔던 그날 저녁으로 나는 되돌아가고 싶다.(15쪽)

과연 이 책은 혼자 숨어 읽고 싶게 만드는 데가 있다. 그의 문장은 짐승처럼 나아간다. 느릿느릿 움직이다 별안간 도약하고, 침묵 속에서 놀라운 이미지를 꺼내 보여준다. 기교 없이 감정의 진폭을 크게 흔드는 음악 같다. 시와 철학, 삶과 죽음, 작은 이야기 속에 끼어 있는 묵직한 화두가 책을 이루는 주재료다. 사유는 단단한 동시에 유연하며 특별한 동시에 보편적이다. 『섬』에서 내가 가장 좋아하는 챕터는 '고양이 물루'라는 제목의 글이다. 시작은 이렇다.

짐승들의 세계는 침묵과 도약으로 이루어져 있다. 나는 짐승들이 가만히 엎드려 있는 모습을 바라보는 것을 좋아

한다. (36쪽)

이제 곧 고양이 물루에 대한 이야기가 나올 텐데. 슬픔과 기쁨, 삶과 죽음이 뒤범벅인 가운데 시종일관 침착한 음색을 띠는 작가의 문체가 나올 텐데. 어느 대목을 지나면 눈물을 뚝뚝 흘리게 될 텐데…… 나는 알면서 속는 사람처럼 이 글 앞에서 매번 당하고 만다. 처음 읽는 사람처럼 미소 짓다 처음 슬픔을 맛보는 사람처럼 울게 된다. 무거운 슬픔이 아니라 가벼이 흩어지는 슬픔이다. 나중엔 슬펐던 기억만 남아 슬픔이 그리움으로 대체되는 경험을 할 수도 있다.

오후에는 침대 위에 가 엎드려서 앞발을 납죽이 뻗은 채 가르릉거리는 소리를 내며 잠을 잔다. 어제는 홍청대며 한바탕 놀았으니 아침 일찍부터 내게 찾아와서 하루 종일 이 방에 그냥 머물러 있을 것이다. 이때다 싶은지 여느 때 같지 않게 한결 정답게 굴어댄다. 피곤하다는 뜻이다—나는 그를 사랑한다. 물루는, 내가 잠을 깰 때마다 세계와 나 사이에 다시 살아나는 저 거리감을 없애준다.(40쪽)

"나는 그를 사랑한다"라는 문장에서 작가의 목소리가 들리는 것 같다. 작가는 고양이 물루에게서 이런 말을 듣는다. "나는 저 꽃이에요. 저 하늘이에요. 또 저 의자예요. 나는 그 폐허였고 그 바람, 그 열기였어요. 가장한 모습의 나를 알아보지 못하시나요? 당신은 자신이 인간이라고 생각하기 때문에 나를 고양이라고 여기는 거예요."(42쪽) 물루를 바라보는 작가의 시선을 보면 그가 어떤 사람인지 알 것만 같다. 헤르만 헤세가 그랬던가. 작가가 고양이를 표현하는 방식을 보면 그 작가에 대해 알 수 있다고.

『섬』을 읽은 뒤 '시가 없다'는 게 뭔지 정확히 알게 되었다. "시가 없다는 말은 더할 수 없이 단조롭기만 한 것에서 매 순간 새로운 면을 발견하게 만드는 그 뜻하지 않은 놀라움이 없다는 뜻이다."(171쪽) 뜻하지 않은 놀라움? 그렇다! 뜻하지 않는 놀라움을 책장을 넘기는 매 순간 발견하게 된다는 점에서 이 책엔 시가 있다.

창가에서 손끝을 매만지며 먼 데를 떠올리길 좋아하는 사람이라면, 이 책을 좋아할 것이다.

35

흰 개

로맹 가리, 마음산책, 2012

그것은
회색 개였다

◆

로맹 가리(1914~1980). 공쿠르상을 유일하게 두 번 받은 프랑스 작가(에밀 아자르라는 필명으로 작품을 발표해 한번 더 수상한 바 있다), 외교관, 권총 자살, 「새들은 페루에 가서 죽다」『자기 앞의 생』『새벽의 약속』…… 그를 생각하면 여러 가지가 떠오르지만, 무엇보다 '인도주의'란 말이 떠오른다. 그는 인간의 이기적인 속성을 꿰뚫어보지만 그럼에도 불구하고 인간의 존엄을 믿는 사람이었다. 수시로 절망하지만 끝내 희망을 찾아내는 사람. "내가 희망에 매달릴 때는 가히 따라올 자가 없다."(43쪽)

물론 그는 희망을 서랍에 처박아두고 권총으로 자살

했다. 1980년 이혼한 아내이자 배우, 진 세버그가 자살한 지 1년 뒤다. 작가를 얘기할 때 사생활을 얘기하는 걸 좋아하지 않지만 소설 『흰 개』를 위해선 얘기할 필요가 있다. 『흰 개』는 로맹 가리의 자전소설이다. '로맹 가리'와 '진 세버그'가 실명 그대로 등장한다. 실제 진 세버그는 흑인 인권운동에 뛰어든 후 여기저기에서 이용당하고 협박받으며 악소문에 시달렸다. 이 일은 그들을 불행하게 했다. 진 세버그는 젊고 아름다운 스타인데다 인권문제에 지대한 관심을 보였다. 무엇보다 심성이 여렸기에 누군가에겐 이용하기 좋은 인물로 보였을 테다.

> 그것은 회색 개였다.(15쪽)

소설의 시작이다. 1968년 2월, 베벌리힐스에서 로맹 가리의 인생에 끼어든 바트카는 순하고 충직한 개다. 바트카는 흑인만 보면 공격하도록 훈련받은 경찰견이었음이 밝혀진다. 로맹 가리는 사육장에 개를 맡겨 재훈련

(치유)을 의뢰한다. 흑인에 대한 공격성을 완벽히 습득한, 나이 많은 개를 바꾸는 게 가능할까? 이 문제를 중심에 두고 작가는 차별하는 자, 차별받는 자, 차별받는 자를 돕는 자, 돕는 자를 이용하는 자 등 '차별'이란 문제 앞에 선 다양한 인간 군상을 조명한다.

> 개한테 이런 짓을 할 권리가 우리에겐 없어……
>
> 바트카를 떠올린 건 아니었다. 우리 모두를 생각하고 한 말이었다. 대체 누가 우리에게 이런 짓을 한 거지? 대체 누가 우리를 이렇게 만든 거지?
>
> 내게 "사회"라고 답하지 말아 달라. 우리 뇌의 본성 자체가 원인이다. 사회는 진단의 한 요소일 뿐이다.(163쪽)

문제를 맞닥뜨렸을 때 개인이 보이는 반응은 설사 휴머니즘을 표방하고 있을지라도 종국엔 '이기심'으로 귀결되기 쉽다는 말이다. 작가는 미국 지식인의 남다른 특징으로 죄의식을 꼽는데 죄의식이란 자신의 도덕적, 사회적 우월함을 증명하기 위한 것이며 엘리트 계층에 속함을 드러내기 위한 것일 뿐이라고 꼬집는다.

『흰 개』는 로맹 가리의 차가운 지성과 뜨거운 감성이 고루 담긴 특별한 작품이다. 68혁명이 한창인 프랑스 파리와 흑인 인권문제가 대두되던 1968년 미국이 배경이지만 지금 이 시대의 우리 이야기로 보아도 무방하다. 진지한 이야기를 다루지만 시종일관 유머를 구사하는 주인공 덕에 자주 웃음을 터뜨리게 된다. 마지막에 반전이 있는데 끝까지 눈을 뗄 수 없을 정도로 흥미진진하다. 무엇보다 세 쪽에 한두 문장씩 명언이 쏟아진다(정말이다).

차별과 멸시는 유혈 사태와 증오, 대물림되는 전쟁, 피해 의식, 공격 욕구(=방어 욕구)를 부른다. 모든 차별에 반대하다보면 의도치 않게 누군가를 차별하거나 상처를 주고, 받을 수 있게 된다. 로맹 가리가 모든 성공한 혁명도 결국 실패한 혁명이라고 말하는 까닭이다. 그러니 어떻게 해야 할까. 흰 개는 나쁜가? 흰 개를 만든 사람이 나쁜가? 흰 개의 끔찍해진 성향 때문에 죽이자고 하는 사람이 나쁜가? 방관하는 자가 나쁜가?

흰 개가 만들어지는 한 누구 하나 이 문제에서 예외일 수 없다. 우리 모두는 저 흰 개다. 우리의 싸움은 '다름'을 공격하는 데서 시작되었다. 분명한 건 흰 개가 원래 나쁠 리 없다는 거다. "인간이라는 이름에 어울리는 인간을 만날 수 있는 세상에서 유일한 장소는 개의 눈속"(193쪽)이라는 문장을 믿자. 그다음, 처음으로 돌아가보자. "그것은 회색 개였다."